L'ABBÉ J.-B. PARADIS

LA PASSION DU SAUVEUR

Poésies Évangéliques

NOUVELLE ÉDITION

LYON
EMMANUEL VITTE, ÉDITEUR
3, place Bellecour, 3.

PARIS
CHARLES AMAT, ÉDITEUR
11, rue Cassette, 11.

1898

LA PASSION DU SAUVEUR

IMPRIMATUR

Lugduni, die 7 martii 1898.

A. Bonnardet,
v. g.

N.-S. Jésus-Christ meurt sur la croix.

POÉSIES ÉVANGÉLIQUES

LA PASSION DU SAUVEUR

MISE EN VERS FRANÇAIS

d'après les Prophètes et les Évangélistes

PAR

L'ABBE J.-B. PARADIS

NOUVELLE ÉDITION

LYON
EMMANUEL VITTE, ÉDITEUR
3, place Bellecour, 3

PARIS
CHARLES AMAT, ÉDITEUR
11, rue Cassette, 11

1898

*

A

Monseigneur L'ARCHEVÊQUE

L'auteur de *Jean-Baptiste* et de *Jésus-Docteur*
Pour la troisième fois a la joie et l'honneur
De faire de ses vers l'offre à votre Eminence,
Avec le même espoir que de sa bienveillance
Ils obtiendront encor une égale faveur.
Ils vous retraceront les tourments du Sauveur,
Condamné par les Juifs et conduit chez Pilate
Tout sanglant, revêtu d'une robe écarlate,
Cet habit dérisoire envers sa royauté,
Aujourd'hui devenu marque de dignité,
Des princes de l'Eglise insigne honorifique,
Et de sa passion image emblématique.
Aussi quand on en voit un cardinal orné,
On songe au Roi-Jésus, d'épines couronné,
Au Christ dont il doit être une image vivante,
Recouvert à nos yeux de sa robe sanglante.

A vous donc, Monseigneur, de sa pourpre vêtu,
Vous qui si bien du Christ retracez la vertu ;
A vous, du bon Pasteur pour nous la vive image,
De ce drame sanglant revient le juste hommage.
Daignez en agréer, quoique défectueux,
Le récit de la main d'un fils respectueux,
Qui n'ayant des beaux vers ni l'art, ni la science,
Réclame encor pour eux toute votre indulgence.

L. J. C.

PROLOGUE

Il a mis en un seul l'iniquité de tous.
Posuit in eo iniquitatem omnium nostrum.
(*Isaïe*, LIII.)

De trois grands ennemis le pécheur est victime,
Quand une fois il a conçu, commis le crime.
D'abord sa conscience est son propre tourment,
Et le remords cruel son premier châtiment.
Puis, ayant d'un Dieu bon offensé la clémence,
Il doit en ressentir au dehors la vengeance
De la part des méchants et des êtres divers
Qu'a mis le Créateur en ce vaste univers.
Mais ce qui met le comble au malheur du coupable,
Ce qui rend du pécheur le sort plus déplorable,
C'est que ce Dieu le livre à son propre courroux.
Sur lui de sa colère il décharge les coups.

Les noires trahisons, forfaits, impiétés,
Abominations, blasphème, impuretés,
Vols, imprécations, infâmes adultères,
Mensonge, perfidie et meurtres sanguinaires,
Enfin d'iniquités, épouvantable amas,
Que commettront jamais les pécheurs ici-bas,
Viennent comme un torrent fondre sur sa personne,
Et son cœur ébranlé de frayeur en frissonne.
Voyez-le prosterné, gémissant, abattu,
Honteux de ses péchés, sans force et sans vertu,
N'osant pas même au ciel lever ses yeux coupables,
Tant l'accable le poids de crimes innombrables.

b) JÉSUS ABANDONNÉ AUX CRÉATURES

Non seulement Jésus, le divin criminel,
A goûté du péché l'amertume et le fiel;
Mais comme en offensant l'Auteur de la nature
Le pécheur a quitté Dieu pour la créature,
Le Christ, ayant voulu prendre sa place et lieu,
Il convient, pour venger la gloire de ce Dieu,
Que, pour l'homme coupable, innocent il subisse
Des méchants, des démons l'outrage et la malice.
Aussi, ce doux Sauveur, ainsi qu'on va le voir,
Contre tous ses bourreaux suspendra son pouvoir
« C'est votre heure, dit-il, et l'heure satanique,
Où Dieu sur moi vous donne un pouvoir tyrannique. »
Il les laissera donc faire ce qu'ils voudront,
Lui prodiguer les coups, et l'outrage et l'affront.
Il ne répondra rien si le juge l'accuse.
Pour pallier sa faute il n'aura point d'excuse.
Quand on viendra le prendre il ne s'enfuira pas,
On le verra venir au-devant de leurs pas,

Aux coups n'opposera ni force, ni contrainte;
Et l'on n'entendra point de sa bouche une plainte.
Que dis-je? Il se livrait lui-même librement
A ceux qui le faisaient souffrir injustement.
A qui vient le baiser il offre son visage,
Et de la trahison il accepte l'outrage.
Pour les faire clouer, lui-même tend ses mains.
Afin qu'on le flagelle, aux bourreaux inhumains
Il présente son dos, son épaule à Pilate
Pour la faire couvrir d'un manteau d'écarlate.
Chez Caïphe, accusé d'être un blasphémateur,
Il consent qu'on le traite encore d'imposteur.
Chez Hérode, on le livre aux valets en risée,
Et sa sagesse passe alors pour insensée.
Comme il ne répond rien, par là même il consent
A passer pour pécheur, quoiqu'il soit innocent,
Être le vain jouet d'une vile canaille,
Un objet de mépris pour cette valetaille.
« *Venez, venez, dira ce peuple mutiné,*
Frappez-le maintenant, puisqu'il est enchaîné.
Voilà son chef sacré, couronnez-le d'épines.
Prenez, enchaînez-les, voici ses mains divines,
Et mettez-y pour sceptre un fragile roseau.
Craignez-vous ses regards? Couvrez-les d'un bandeau.
Maintenant à l'envi frappez, frappez sa joue,
Souillez-la de crachats et d'ordure et de boue;

Arrachez sans pitié sa barbe et ses cheveux ;
Il ne s'en venge pas, il est silencieux.
Venez, Juifs et Romains, revenez à la charge,
Sur cet Agneau sans tache épuisez votre rage.
Il souffre tout sans plainte, et s'abandonne à vous ;
Victime volontaire il tombe sous vos coups. »

c) JÉSUS ABANDONNÉ DE DIEU

Pour apaiser de Dieu toutefois la justice,
Ce n'est point du pécheur là le plus grand supplice.
Quelle que soit des maux qu'il souffre la douleur
Et de l'âme livrée aux méchants le malheur,
Ce n'est rien à côté de l'angoisse suprême
Du pervers que la main de Dieu frappe lui-même ;
Car il n'est que lui seul qui puisse se venger
Dignement des pécheurs qui l'osent outrager.
A Dieu seul appartient le droit de la vengeance.
Il a, pour l'appliquer, lui seul, l'intelligence.
Aussi de tant de maux non encore satisfait,
Il veut de plus, ce Dieu si saint et si parfait,
Frapper ce criminel lui-même de la foudre,
Le briser à ses pieds et le réduire en poudre.
Hélas ! c'est à ce point que Jésus fut réduit !
Suspendu sur le bois il fut de Dieu maudit.
Hé quoi ! maudit du Père et frappé d'anathème
Ce Fils aussi parfait, aussi saint que lui-même !
Oui, car de nos péchés en le voyant porteur
Dieu détourne sa face et le prend en horreur.

Il n'a plus pour ce Fils qu'un regard de colère,
Et ne lui montre plus qu'un visage sévère.
En lui dans sa prière en vain il a recours,
Son Père courroucé n'accorde aucun secours.
Le ciel devient d'airain tout à coup sur sa tête ;
C'est la mer en fureur déchaînée en tempête.
Ce n'est plus ce Dieu bon pour lui comme autrefois
Quand il le proclamait de sa plus douce voix :
« Mon Fils en qui j'ai mis toutes mes complaisances. »
Maintenant de son Père il n'a que les vengeances.
Il a beau supplier, les yeux baignés de pleurs ;
« Pourquoi m'abandonner, mon Père, à mes douleurs? »
Son Père n'entend pas ou refuse d'entendre.
A sa voix suppliante il ne veut pas se rendre.
Comme il a par sa faute offensé sa bonté,
Dieu n'a pour le pécheur aucune charité.
Cet abandon divin au fort de la souffrance,
Qui semble le priver d'amour et d'espérance,
Est l'image ébauchée et le commencement
Du supplice éternel et du cruel tourment
Qu'éprouvent loin de Dieu, dans le fond de leur âme,
Les pécheurs condamnés à l'éternelle flamme.

Oui, toujours dans l'enfer les pécheurs gémiront ;
Comme Jésus lui-même en eux ils sentiront

D'abord l'ennui mortel, l'angoisse et la tristesse,
Et de plus le remords qui les ronge sans cesse.
Puis, comme il fut en proie aux hommes dépravés,
Aux mains des noirs démons seront les réprouvés,
Et subiront par eux de plus grandes souffrances
Que celles du Sauveur, et d'autant plus intenses
Que ces mauvais esprits sont beaucoup plus pervers
Que les plus scélérats de ce vaste univers.
Mais leur plus grand tourment, c'est que d'un Dieu
Ils sentiront sur eux l'éternelle colère, [*sévère*
Qui les suivra partout dehors comme au dedans.
Ils verseront des pleurs, ils grinceront des dents,
Pour toujours accablés du poids de sa vengeance,
Sans éprouver jamais un moment d'indulgence.

INVOCATION A LA CROIX

O crux, ave...

Salut ! ô croix, l'honneur, l'unique espoir du monde,
Le salut des mortels, source en grâces féconde.
Salut ! arbre sacré, dont les rameaux bénits
De la Rédemption nous ont donné les fruits,
Et dont les bras sanglants ont porté la Victime
Qui dans son sang divin a lavé notre crime.
D'un éclat sans égal, ô croix, ton bois sacré
Du sang du divin Roi brille tout empourpré.

C'est sur le bois qu'avait péché le premier père
En mangeant de ton fruit, mais péché salutaire
Qui nous a mérité l'ineffable faveur
D'avoir pour l'expier un si grand Rédempteur.

Voici que le même arbre, ô merveille inouïe!
Qui produisit la mort, nous a donné la vie!

Ton premier fruit, ô croix, fut stérile et maudit.
Mais depuis que le Christ par sa mort l'a béni,
Que son sang a trempé ses racines profondes,
L'arbre de ses rameaux a couvert les deux mondes.
Son pied touche aux enfers, son front majestueux
Est plus haut que le cèdre et se perd dans les cieux.

O Christ, c'est de la croix que ton règne commence,
Eternel en durée, en étendue immense.
Oui, par elle tu sus à toi tout attirer,
Comme tu l'avais dit la veille d'expirer.
Tes disciples, armés de sa grâce divine,
Ont des démons vaincus mis l'empire en ruine.
C'est par ta croix des corps qu'ils ont été chassés,
Ainsi que leurs autels, leurs temples renversés;
Et, sur les vains débris de l'idole abhorrée,
Ta croix victorieuse, ô Christ, fut arborée.

Du monde ainsi suivant tous les pays divers
Elle avait parcouru presque tout l'univers,
Sur tous ses ennemis remportant la victoire,
Et gagnant ses amis à mourir pour ta gloire.

Le premier fut celui qui t'avait renié,
Et qui fut, tête en bas, pour toi crucifié.
Les autres, bannissant toute crainte tremblante,
Ont souffert pour ton nom tous une mort sanglante.

Telle fut de ta croix dès lors l'attraction
Qu'on vit de flots de sang une inondation.
Des enfants, des vieillards, des hommes de tout âge,
Subirent les tourments avec un tel courage
Qu'ils allaient à la mort d'un air aussi joyeux
Que s'il se fût agi d'un festin somptueux.
Que dis-je? Des plus grands et plus cruels supplices
Des vierges se faisaient les plus pures délices.
Ainsi de saints martyrs d'immenses légions
Triomphaient dans la croix, ô Christ, par millions.
On l'adorait ainsi du couchant à l'aurore.

O croix, je me prosterne à mon tour, et j'adore
Ton bois autrefois vil, méprisable, abhorré,
Maintenant glorieux, vénérable, adoré.
Autrefois tu servais de supplice aux esclaves,
Tu pares maintenant la poitrine des braves.
Jadis ton signe était un instrument d'horreur,
Aujourd'hui par respect on dit : La croix d'honneur.
Jadis aux criminels tu servais de potence,
Au mérite aujourd'hui tu sers de récompense.

Croix triomphante, à toi l'hommage de mon cœur.
Ma lèvre avec respect baise ton bois vainqueur.

Ce n'est pas cependant ton bois que je révère,
Mais toi, mon doux Sauveur, sur lui mort au Calvaire.
C'est par ton sang divin que fut sanctifié
Ce bois saint sur lequel tu fus crucifié.
Oui je t'adore, ô Christ, car par ta croix féconde
De sa dette toi seul as racheté le monde.
Des tourments de l'enfer affreux et mérités,
En les souffrant pour nous tu nous as exemptés;
Et subissant pour l'homme une mort temporelle
As su lui mériter une vie éternelle.
Enfin mourant pour lui sur la croix attaché
Du pécheur dans ton sang as lavé le péché.

De ta croix, doux Jésus, donne-moi la science,
Pour qu'aux autres je puisse en donner la croyance.
Ce fut un signe aux Juifs de réprobation,
Aux païens de folie et de dérision.
Mais par ce qui parut au monde une folie
Fut des plus grands savants la sagesse abolie.
Je ne veux donc qu'en elle être glorifié,
Ne savoir que Jésus, encor crucifié.

De ma vie ici-bas qu'elle soit la compagne,
Qu'en la portant j'arrive à la sainte montagne.
Pour qu'en la gravissant je ne succombe pas,
Divin Cyrénéen, soutiens mes faibles pas.
Le chemin de la croix est la royale voie
Que les saints ont suivie à ta suite avec joie,
Et tous ceux qui du ciel désirent être élus
Doivent suivre ta trace au Calvaire, ô Jésus.
C'est dans la croix qu'on trouve un abri sûr, fidèle,
Contre ses ennemis. La croix est le modèle,
Le divin abrégé de toutes les vertus,
Le vrai soutien du faible et des cœurs abattus,
De toutes les douleurs le baume salutaire;
La croix est le trésor du ciel et de la terre.
De la grâce en nos cœurs elle est l'effusion,
Le sublime sommet de la perfection.

O croix, sois mon soutien, mon aide si je tombe.
Sur ma cendre couchée, oh! viens couvrir ma tombe.
Sois le dernier témoin de mon dernier adieu,
Le confident secret de la voix de mon Dieu,
Quand l'implacable mort à mon heure dernière
Aura glacé mon sang et fermé ma paupière.
Quand de mon dernier jour sera venu le soir,
Repose sur mon cœur, ô croix, mon seul espoir.

L. J. C.

LA PASSION DU SAUVEUR

D'APRÈS LES PROPHETES

I

SELON ISAIE

> Naissance obscure, humiliations, souffrances et glorification du Messie (Isaïe, LIII.)

Quand nous dirons du Christ la mémorable histoire,
Mélange merveilleux et d'opprobre et de gloire,
Qui nous croira? D'abord comme un jeune arbrisseau
Il sortira, flétri, d'une terre sans eau.
Son visage n'aura rien aux yeux d'agréable.
Que dis-je? Son aspect sera vil, méprisable.
« Nous l'avons vu, diront les Juifs, en cet état,
Nous l'avons méconnu, tant il est sans éclat.

A tous il a paru, tous autant que nous sommes,
Un objet de mépris et le dernier des hommes,
Expert en la souffrance, un homme de douleurs,
Chargé d'iniquités, le plus grand des pécheurs,
L'abjection du peuple et l'opprobre du monde,
Un lépreux, en un mot, plein d'une lèpre immonde,
D'un aspect repoussant, à l'abord interdit,
Le rebut des humains, frappé de Dieu, maudit.

Il s'est pour nos péchés couvert de meurtrissures,
Il en a pris sur lui les cruelles blessures.
De nos iniquités il a porté le poids,
En a lavé la tache en mourant sur le bois.
Son sang pour nos péchés nous a fait un remède
Et pour nos noirs forfaits son innocence plaide.
Le Seigneur a voulu que pour chacun de nous
L'Innocent payât seul l'iniquité de tous.
Nous nous étions perdus dans les sentiers du vice,
Il s'est alors offert pour nous en sacrifice.
Il l'a fait de lui-même et sans être contraint,
Il est resté muet et ne s'est jamais plaint.
Il sera mis à mort sans plus de résistance
Qu'un tendre agneau timide, égorgé sans défense.
Il restera sans voix comme un jeune mouton
Paisible sous la main de celui qui le tond.

Jamais pour se défendre il n'ouvrira la bouche.
Il est comme insensible à tout ce qui le touche.
Telle sera sa mort, sa triste passion.

Mais après qui dira sa génération?
Il aura pour garder son corps mis dans la terre
Une milice impie, une garde étrangère.
Dans un sépulcre neuf et dans le roc creusé
Par un riche, le soir, il sera déposé;
Car il ne fit jamais de péché, ni d'injure,
Et sa bouche toujours de mensonge fut pure.
Il verra s'élever parmi ses descendants,
Imitant ses vertus, d'innombrables enfants,
En qui s'accomplira la volonté divine.
Pour d'autres, au contraire il sera la ruine.
Ainsi de ses douleurs il recevra le fruit.
Le monde entier sera par sa doctrine instruit:
Et tous ceux qui voudront à sa parole croire,
Un jour il les fera possesseurs de sa gloire.
Pour le pécheur coupable il est mort innocent,
Il a payé pour lui la dette de son sang.
Pour tant de maux soufferts il aura pour partage
De disciples croyants un nombreux héritage;
Et puisqu'il s'est livré de lui-même à la mort,
Il aura pour sa part les dépouilles du fort,

Parce qu'il a voulu, bien qu'exempt de tout crime,
Pour les péchés de tous mourir pure victime,
Etre compté parmi les plus grands scélérats
Et prier en mourant pour ses bourreaux ingrats. »

II

SELON DAVID

a) *Prière de Jésus sur la croix.*

Ps. XXI.

« Mon Dieu, mon Dieu, pourquoi n'avez-vous pas égard
A ma douleur? Sur elle, ah! jetez un regard!
Je suis, Seigneur, l'objet de toutes vos vengeances
Depuis que des pécheurs je porte les offenses.
Oui, leurs nombreux péchés sont mon vrai châtiment
Et l'unique motif de votre éloignement.
Quand je crîrais vers vous une journée entière,
Vous n'exauceriez pas néanmoins ma prière :
Quand, à vous invoquer, je passerais la nuit
Je ne pourrais non plus obtenir votre appui.
Cependant ma prière, à moi-même inutile,
Pour les hommes doit être en grâces si fertile!

Mais vous, Seigneur, la gloire et l'honneur d'Israël,
Vous habitez des cieux le palais éternel.
Nos pères ont en vous placé leur espérance,
Et nos pères de vous ont eu leur délivrance.
Ils ont poussé des cris qui furent entendus,
Et n'ont dans leur espoir point été confondus.
Moi, je ne suis qu'un ver rampant, vil, méprisable,
Que le passant distrait foule aux pieds sur le sable,
Des hommes et l'opprobre et la dérision,
Et de la populace ignoble abjection;
Et ceux qui me voyaient dans mon ignominie
Se sont moqués de moi, m'ont couvert d'infamie;
Ils ont hoché la tête en signe de mépris
Et murmuré des mots barbares, incompris.
« Au Seigneur, ont-ils dit, il met son espérance :
Qu'il le délivre donc de sa longue souffrance,
Qu'il l'arrache des mains de tous ses ennemis,
Qu'il le sauve, s'il l'aime, ainsi qu'il l'a promis. »
Mais c'est en vous Seigneur, en vous seul que j'espère,
Vous qui m'avez tiré des flancs purs de ma mère.
Depuis que de son sein ma bouche a bu le lait
J'ai toujours eu l'espoir en vous, comme je l'ai.
Ainsi je me jetai dans vos bras, ô mon Père,
Dès que de ce soleil je pus voir la lumière;
Et vous fûtes toujours mon Dieu depuis l'instant
Où du sein maternel je suis sorti vivant.

Ne vous éloignez-pas, ô Seigneur, je vous prie,
Car l'angoisse sur moi va fondre avec furie.
Venez, Seigneur, venez, venez me secourir,
Car je ne vois personne à mon aide accourir.
Des bœufs j'ai soutenu la troupe mugissante,
Et de taureaux cruels la rage frémissante.
Pareils en leur fureur au lion rugissant
Ils m'ont montré leur corne et leur front menaçant.
Je me suis écoulé comme l'onde écumante
En les voyant, saisi d'une telle épouvante
Qu'à la cire pareil tout mon cœur s'est fondu,
Mes os se sont brisés, mon esprit éperdu.
Comme l'argile au feu ma chair s'est desséchée,
Et ma langue au palais est restée attachée.
Sous vos coups redoublés comme en poudre réduit
Jusqu'au tombeau, Seigneur, mort vous m'avez conduit.
D'une meute de chiens, respirant le carnage,
J'ai soutenu l'assaut et l'infernale rage.
Des méchants, ou plutôt des tigres inhumains,
Ont percé de gros clous et mes pieds et mes mains.
Ces barbares, remplis de haine et de malice,
Ont ajouté sur moi supplice sur supplice.
Ils ont battu ma chair, et frappé sur mon dos
Comme sur une enclume et compté tous mes os.
En cet état honteux, où ma chair était nue,
De ce spectacle affreux ils repaissaient leur vue.

Ils se sont partagé mes habits à ma mort,
Et sur ma robe enfin ils ont jeté le sort.
Mais vous, n'éloignez pas, Seigneur, votre assistance,
Hâtez-vous promptement de prendre ma défense.
Oh ! venez arracher au glaive pénétrant
Mon âme abandonnée à ce chien dévorant.
Mon Dieu, délivrez-moi de la griffe puissante
Du lion qui rugit d'une voix menaçante.
Sauvez-moi de l'état d'humiliation
Où me tient du tyran l'injuste oppression.
Alors j'annoncerai votre nom à mes frères,
Aux peuples ignorants j'apprendrai vos mystères. »

b) *Souffrances du Messie et réprobation des Juifs.*

Psaume LXVIII.

« Mon Dieu, secourez-moi : la tribulation
Jusqu'au fond de mon âme a fait irruption.
Je me suis enfoncé dans une boue immonde,
Dans le gouffre béant d'une fosse profonde.
Au fond de l'Océan l'ouragan m'a plongé,
Et sous ses flots amers les vents m'ont submergé.
A force de crier ma voix s'est épuisée,
Et de mes yeux perçants la prunelle émoussée,

Dans l'espoir où j'étais de trouver du secours.
Mais des méchants la foule, en grossissant toujours,
S'est accrue au-dessus des cheveux de ma tête.
Ils sont devenus forts, plus forts que la tempête,
Ceux qui sans nul motif, par pure passion,
M'accablent et de haine et de dérision.
Innocent j'ai payé la dette du coupable,
Et pour ceux qui devaient je me suis fait solvable.
Que ceux qui croient en vous, Seigneur, Dieu des vertus,
Qui vous cherchent, ne soient point en moi confondus.
Car c'est pour vous, mon Dieu, que j'ai souffert l'outrage,
Que la confusion a couvert mon visage.
Pour mes frères je suis comme étranger venu,
De ma mère les fils ne m'ont point reconnu,
Car de votre maison m'a dévoré le zèle,
Et sur moi sont tombés, Seigneur, comme une grêle,
Les outrages dont vous deviez être frappé.
En jeûnant je me suis d'un sac enveloppé,
Et cette humble action fut pour leur cœur impie
Un sujet contre moi d'opprobre et d'infamie.
Un austère cilice était mon vêtement :
Autre motif pour eux de jeu, d'amusement.
De buveurs à la porte une troupe joyeuse
Me prenait pour sujet de leur chanson railleuse.
Mais, Seigneur, voici l'heure et le moment heureux
D'entendre ma prière et d'exaucer mes vœux.

Venez me délivrer, afin que je vous loue ;
Venez me retirer du milieu de la boue,
De cette fange immonde où je suis enfoncé,
De ce fossé profond où je reste fixé ;
Délivrez-moi de ceux qui m'accablent de haine ;
De mes afflictions brisez la dure chaîne,
Retirez-moi des flots où je suis submergé,
De l'abîme sans fond où je me vois plongé ;
Que la bouche du puits et de l'immense abîme
Ne se referme point sur sa triste victime.
Oh ! daignez m'écouter, Seigneur, du haut des cieux,
Puisque vous êtes bon, miséricordieux,
Hâtez-vous d'exaucer mon ardente prière,
De m'arracher enfin à cette angoisse amère.
J'attends depuis longtemps qu'il vienne à moi quelqu'un
Consoler ma douleur, et je n'en trouve aucun.
Ils ne m'ont au contraire accablé que d'injure,
M'ont offert dans ma faim du fiel pour nourriture,
Du vinaigre en ma soif pour amère boisson.
Que leurs mets devant eux leur soient comme un poison,
Comme un filet trompeur, une toile fatale,
Comme une pierre enfin de chute et de scandale ;
Que pour ne plus rien voir leurs yeux soient obscurcis,
Leurs esprits aveuglés, et leurs cœurs endurcis,
Leurs dos toujours courbés et penchés vers la terre ;
Faites fondre sur eux votre juste colère ;

Accablez-les du poids lourd de votre fureur,
Frappez-les tous d'effroi, de crainte et de terreur;
Que leur demeure enfin reste vide et déserte,
Dans leur tente qu'aucun n'habite et ne s'arrête,
Parce qu'ils ont haï, maudit comme un lépreux,
Celui que vous avez, Seigneur, frappé pour eux,
Et qu'ils ont ravivé toutes mes cicatrices,
Et de tous mes tourments fait toutes leurs délices. »

LA PASSION DU SAUVEUR

D'APRÈS LES ÉVANGÉLISTES

Jésus, après trois ans de luttes, de combats,
Va mettre enfin le terme à sa vie ici-bas,
Vie en faisant le bien tout entière passée.
Sa dernière semaine est déjà commencée.
Le Soleil de justice, encore en son midi,
Va précipitamment, selon le temps prédit,
Obscurcir dans les cieux l'éclat de sa lumière,
Précipiter le cours de sa sainte carrière,
De son zénith soudain descendre à l'occident,
De son pur horizon disparaître un instant,
Pour luire à l'orient plus radieux encore,
Nouveau Soleil sortant d'une nouvelle aurore,
Astre majestueux plus brillant et plus beau,
Quand il se lèvera glorieux du tombeau.

MARCHE TRIOMPHALE DE JÉSUS VERS JÉRUSALEM

Or Jésus, en ce temps, était à Béthanie,
Où demeurait Lazare avec Marthe et Marie,
Lazare, qui venait d'être ressuscité
Du sépulcre où trois jours son corps était resté,
Lazare, qu'au trépas le conseil sanhédrite
Voulait livrer encore dans son zèle hypocrite ;
Car du Christ sur la mort ayant vu le pouvoir,
Le peuple à Béthanie en foule allait le voir.
Mais c'était à Jésus, devenu populaire,
Qu'ils avaient tous voué leur haine et leur colère.
Ce n'était qu'avec lui qu'ils voulaient en finir.
Dès qu'ils eurent appris qu'il devait donc venir
A la ville, leur cœur en tressaillit de joie,
Pensant qu'entre leurs mains s'abandonnait leur proie.
Avant sa mort, pourtant le divin Rédempteur
Veut se montrer encore en roi triomphateur,

Et dans Jérusalem, au désordre livrée,
Faire encore une fois sa solennelle entrée,
D'un peuple enthousiaste agréer la faveur,
Enfin venir à lui comme son doux Sauveur.

On se met donc en marche, et la foule commence
A former devant lui comme un cortège immense.
On arrive au village, appelé Bethphagé,
Aux flancs de la montagne en gradins étagé,
Plantés d'oliviers verts et de figuiers multiples.
Là, Jésus dit alors à deux de ses disciples :
« Allez dans ce hameau ; quand vous aborderez
Ses premières maisons, vous y rencontrerez
Une ânesse attachée à la branche flexible
D'un arbre, et son ânon auprès d'elle paisible,
Sur lequel aucun homme encore n'est monté.
Déliez-les, et si l'on fait difficulté
De les laisser partir, si le maître s'oppose,
Et de votre action vous demande la cause,
Dites-lui : « Le Seigneur lui-même en a besoin, »
Et de vous les remettre alors il aura soin. »
Or, tout cela fut fait d'après la prophétie
Qu'avait depuis longtemps prédite Zacharie :
« Vous direz à la fille et vierge de Sion :
Voici venir à toi, doux et plein d'onction,

Ton Roi sur un ânon. Le Dieu de la nature
Est plus grand à tes yeux sur cette humble monture. »

L'événement eut lieu comme il l'avait décrit.
Ils trouvèrent l'ânesse au lieu même prescrit.
Ils en firent d'abord la demande à son maître
Qui sans difficulté voulut la leur remettre.
Et de peur qu'à les suivre elle n'obéît pas,
Son ânon derrière elle allait à petits pas.
Vers Jésus de retour, ils quittent leur tunique
Et l'ont asseoir dessus le Roi messianique.

JÉSUS PLEURE SUR JÉRUSALEM

Pendant ce temps, la foule — aussitôt qu'elle apprend
Que le divin Sauveur à la ville se rend —
Accourt, et se mêlant à la fête publique
Vient offrir son hommage à ce Roi pacifique.
Les uns de leurs habits tapissent le chemin,
D'autres jettent les fleurs qu'ils tiennent à la main.
Ceux-ci de figuiers verts abattent le branchage,
Ceux-là des oliviers dépouillent le feuillage.
Le sol est tout jonché de ces rameaux divers,
Jetés pour rendre hommage au Dieu de l'univers.

C'est ainsi qu'acclamé d'une voix unanime,
Du mont des Oliviers Jésus atteint la cime.
De ce site enchanteur leur apparut soudain
De tout Jérusalem le spectacle lointain.
Au-dessus des ravins et des torrents sans onde
S'élevait aux rayons du soleil qui l'inonde

La ville avec son temple et ses palais dorés,
Les sommets inégaux de ses six monts sacrés.
De sa muraille immense on découvrait l'enceinte,
Les fossés et les tours, dont la ville était ceinte;
Et, comme pour mieux faire admirer sa splendeur,
Elle étalait de tous les côtés sa grandeur.
De ses marbres surtout la blancheur miroitante,
Reflétant du soleil la lumière éclatante,
Des spectateurs ravis éblouissait les yeux.
La foule à cette vue éclate en cris joyeux.
Les disciples aussi de Jésus s'approchèrent,
Et, mêlant leurs transports au peuple, s'écrièrent
Avec une voix forte, avec un cœur ravi :
« Gloire au plus haut des cieux, gloire au Fils de David,
Gloire, honneur à celui dont le règne commence. »
Au milieu de ces cris seul gardant le silence,
Jésus semble absorbé. D'un regard attristé
Il parcourt lentement cette immense cité.
Sa noire ingratitude, et sa fourbe insensée
Du Sauveur à cette heure occupent la pensée.
Puis, de sa gloire ému moins que de ses malheurs,
Sur la triste Sion Jésus versa des pleurs :
« Si tu savais, dit-il, ville ingrate et rebelle,
Si tu savais ce jour, cette heure solennelle,
Qui pourrait aujourd'hui te procurer la paix,
Car à ton repentir je te l'accorderais.

Mais à toi maintenant ces choses sont cachées.
Tes ennemis viendront t'entourer de tranchées,
Et d'un cercle de fer ils t'environneront,
Comme dans un filet ils t'emprisonneront;
Enfin malgré tes pleurs, inondant ta paupière,
Il ne restera pas de toi pierre sur pierre.
Tu verras tes enfants sur le sol écrasés,
Et ton temple détruit, et tes murs renversés,
Parce que du Messie, envoyé sur la terre,
Tu méconnus la grâce et l'heure salutaire. »

ENTRÉE DE JÉSUS A JÉRUSALEM

Mais au bruit répandu que Jésus arrivait,
Et qu'un peuple nombreux en chantant le suivait,
Des Juifs, des étrangers accourus pour la fête,
Dirigèrent leurs pas au-devant du prophète,
Par qui Lazare avait été ressuscité,
L'aveugle-né jadis guéri de cécité,
Dont les mains avaient fait de si nombreux miracles,
La bouche prononcé de si pieux oracles,
Et que tous regardaient comme un homme divin.
Ils allèrent à lui des palmes à la main;
Puis, lorsqu'ainsi des Juifs les innombrables groupes
Des gens de Galilée eurent atteint les troupes,
Ils crièrent ensemble et d'une seule voix :
« Hosanna! Gloire au fils de David, Roi des rois.
Béni qui vient au nom du Seigneur des armées. »
Et leurs mains agitaient les tiges désarmées
D'oliviers ébranchés, symbole de la paix
Que le Roi pacifique apportait désormais.

Et tous de rejeter encor sur son passage
De figuiers, d'oliviers le verdoyant feuillage.
Le chemin tout entier en fut jonché bientôt.
Où les feuilles manquaient, ils mettaient leur manteau.

« Non jamais, rois puissants, monarques de ce monde,
Vous que l'or, le plaisir ou la richesse inonde,
Qui logez sous les toits de palais de vermeil,
N'eûtes à ce Roi pauvre un triomphe pareil.
Ni vos lambris dorés, ni vos tapisseries,
En vos grands jours de fête, ou de cérémonies,
Ni vos riches habits, ni vos beaux ornements,
N'ont valu ces rameaux, ces fleurs, ces vêtements,
Offerts au doux Sauveur comme une pure offrande.
A vous, vos apparats n'étaient que de commande,
A ce Roi pacifique, humble et non couronné,
Ce qu'offrait cette foule était tout spontané.
Il n'a pas, il est vrai, pour proclamer sa gloire,
Des rois vaincus liés sur un char de victoire,
Un chariot traîné par de nobles coursiers,
Ni butin, ni cortège imposant de guerriers.
Mais au lieu de l'éclat de ces pompes hautaines,
Le Sauveur aime mieux des gloires plus humaines.
Ce sont par sa bonté des malades guéris,
Des morts ressuscités, des affamés nourris,

Des aveugles, des sourds et des paralytiques
Guéris sur les chemins ou les places publiques.
Voilà les vrais honneurs dont Jésus est jaloux,
Les triomphes qu'il aime et qu'il préfère à tous.
Voilà du Roi des rois le trophée honorable,
Et son char de victoire encor bien préférable
Aux dépouilles des rois, ainsi qu'à leurs hauts faits
Les exploits de Jésus ne sont que des bienfaits. »

Mais dans le cœur des Juifs couvait la jalousie
En voyant à Jésus rendus comme au Messie
Des hommages plus grands que n'en eut jamais roi.
Quelques Pharisiens en eurent de l'effroi.
Ils se turent, craignant les foules sympathiques
Qui l'entouraient d'honneurs, d'éloges magnifiques.
Ils vinrent en secret et dirent au Sauveur :
« De ce peuple en délire apaisez donc l'ardeur! »
« — Mais les pierres crîront, dit Jésus, s'ils se taisent,
Et les murs parleront, si leurs clameurs s'apaisent. »
Le Messie à ces mots entre dans la cité,
Où le peuple en désordre était surexcité.
Les étrangers, voyant ces foules qui s'agitent,
Ainsi de l'océan les flots se précipitent,
Demandaient étonnés : « Mais quel est donc celui
Que tout le monde acclame et célèbre aujourd'hui? »

La foule répondit : « C'est Jésus que l'on fête,
Jésus de Nazareth, le nouveau grand prophète,
Celui qui du tombeau rappela son ami,
Depuis quatre jours mort, qu'il disait endormi. »
Et les Pharisiens, admirant l'affluence
Du peuple, et de Jésus la divine influence
Croître de plus en plus, disaient : « Vous voyez bien
Qu'en lui croit tout le monde, et nous n'avançons rien... »

ENTRÉE DE JÉSUS AU TEMPLE

IL EN CHASSE LES VENDEURS ET GUÉRIT LES MALADES

Mais Jésus aussitôt fait son entrée au temple.
Lui que la terre admire et que le ciel contemple,
Il entre avec respect, en silence, au saint lieu
Pour rapporter l'honneur de son triomphe à Dieu,
Et nous apprendre à tous que de toute victoire
A Dieu seul appartient le mérite, la gloire.
Le prophète avait dit que le Triomphateur
Entrerait dans le temple en roi dominateur.
Dès qu'il eut en effet achevé sa prière,
Rendu de son triomphe hommage à Dieu, son Père,
Jésus va se conduire en fils de la maison
Et faire voir sur tous sa domination.
Comme une sentinelle apposée à sa garde,
De tous côtés d'abord il l'inspecte et regarde.
Puis, quand il aperçoit les abords du parvis,
De vendeurs, d'acheteurs les portiques remplis,

Quand il voit des bœufs gras, des taureaux, des génisses,
Des agneaux innocents voués aux sacrifices,
Par les pattes liés des oiseaux, des pigeons,
Des colombes, des œufs dans des paniers de joncs,
Ce vil trafic, rempli de fraude et d'artifice,
De la maison de Dieu profanant l'édifice,
Quand il voit en un mot la profanation
Du temple, il est saisi d'une indignation
Si grande, que sentant s'allumer en son âme
De son zèle pour Dieu la dévorante flamme,
Saintement transporté de colère, soudain
Il se jette sur eux une corde à la main.
Tous tremblent à sa vue : on s'enfuit, on s'efface.
La majesté divine est peinte sur sa face.
Des éclairs foudroyants s'échappent de ses yeux ;
Ce n'est point un mortel, mais le vrai Roi des cieux,
C'est le Dieu tout-puissant, le Maître du tonnerre,
Lorsque sa voix ébranle et le ciel et la terre.
Les tables, les comptoirs, les bancs sont renversés,
Les sièges, les paniers l'un sur l'autre entassés.
La frayeur les disperse. Aux taureaux qui mugissent
Répondent les agneaux innocents qui gémissent,
Sous leurs pieds écrasés. Mais leurs liens coupés,
Plus heureux les pigeons, eux, se sont échappés.
Rendue en liberté, la blanche tourterelle
Bénit son bienfaiteur en agitant son aile.

Les marchands, les changeurs précipitent leurs pas,
En laissant tout pour fuir les coups et le trépas.
Jésus, du fouet vengeur, les poursuit à la porte,
Disant, plein de colère, avec une voix forte :
« Fuyez, race perverse et maudite de Dieu ;
Fuyez, ne souillez point du temple le saint lieu.
Le temple est la maison où réside mon Père,
Où le peuple pieux s'assemble, prie, espère ;
Et vous en avez fait un antre de voleurs,
Un lieu de vil trafic, d'échange de valeurs. »

Il dit, et des vendeurs le temple à peine est vide
Qu'ils y sont remplacés par une foule avide
D'aveugles, de boiteux, de sourds et de lépreux,
— De nos infirmités cortège trop nombreux —
Implorant de Jésus la divine clémence,
Et la miséricorde égale à la puissance.
Voyant de tant de maux le spectacle hideux,
Jésus abaisse alors ses yeux sur chacun d'eux ;
Puis, faisant succéder l'amour à la colère,
Il sent son cœur touché d'une telle misère.
Et pour récompenser en eux leur vive foi,
Qu'ils venaient de montrer en l'acclamant pour roi,
Ce Dieu bon les guérit les uns après les autres
Devant la foule émue et devant ses apôtres.

« Allez, dit-il à tous, ô vous que je chéris ;
Allez, c'est votre foi qui vous a tous guéris. »

A ces mots, les enfants, ravis de ces merveilles,
Se mirent dans le temple à frapper les oreilles
De ces mots : « Hosannah ! gloire au fils de David ! »
Et leur exemple fut de la foule suivi.
Mais des Pharisiens l'âme basse, orgueilleuse,
Trouva cette louange déplacée et railleuse.
Ils ne purent souffrir, ces serpents envieux,
De ces cœurs innocents les cris élogieux.
Ces éloges faisant ombre à leur jalousie,
Ils dirent à Jésus avec hypocrisie :
« Entendez-vous, Seigneur, tout ce que ces enfants
Osent dire de vous dans leurs cris triomphants ?
Leur voix n'a-t-elle pas proféré le blasphème
En vous donnant de Dieu la louange suprême ? »
« — Non, répondit Jésus qui lisait leur penser,
Non, leurs cris innocents n'ont point dû m'offenser,
Car, n'est-il pas écrit dans le saint roi prophète :
« Des lèvres des enfants la louange est parfaite » ?

JÉSUS PRÉDIT SA PASSION

DEVANT LES GENTILS VENUS POUR LE VOIR ET LES JUIFS INCRÉDULES

Mais pendant que des Juifs l'ingrate nation
Refusait à Jésus son approbation,
Quelques Gentils, mêlés à cette foule immense,
Admirant du Sauveur la grandeur, la clémence,
Surpris de le voir calme et sans émotion
Au sein de tant de trouble et d'agitation,
Opérer de ses mains d'aussi nombreux miracles,
De sa bouche annoncer tant de divins oracles,
Comprirent qu'il n'était point un homme mortel,
Mais un Dieu véritable acclamé comme tel.
Ils s'approchèrent donc de l'un de ses apôtres,
Philippe, qu'ils avaient vu séparé des autres :
« Nous voulons, dirent-ils, nous voulons voir Jésus,
Car c'est pour lui parler que nous sommes venus. »

Or Philippe, indécis de ce qu'il devait faire,
Vint à l'apôtre André soumettre cette affaire.
Ce dernier de Jésus obtint cette faveur,
Et put les présenter de la sorte au Sauveur.
Entre les Grecs croyants et les Juifs pleins de haine,
Jésus (1) prédit alors sa passion prochaine :

« Enfin l'heure est venue où, du ciel envoyé,
Le Fils de l'homme doit être glorifié.
Le grain de pur froment, même le plus fertile,
S'il n'est ensemencé, reste toujours stérile.
Mais s'il est une fois dans la terre jeté,
Je dis qu'un fruit multiple est par lui rapporté.
Ainsi le Fils de l'homme une fois mis en terre,
Broyé sous le pressoir comme un grain salutaire,
Trois jours après sa mort en sortira vivant
Pour rapporter ensuite un fruit très abondant.

(1) D'où venaient ces Grecs et que voulaient-ils ? Une tradition en fait les envoyés d'Abgar V, roi d'Edesse, qui, instruit des dangers de Jésus, lui offrait un asile dans ses Etats. Le Seigneur, dit-on, récompensa ce prince en le guérissant de la lèpre et en lui envoyant un message que nous lisons encore dans les annales de l'Arménie. Si douteux que soient ces faits, racontés par Eusèbe, il convient de les recueillir, car ils montrent que l'antiquité voyait dans ces étrangers des païens venus de loin pour voir Jésus. L'Orient avait adoré son berceau, l'Occident, en la personne des Grecs, vient se prosterner devant sa croix. (Abbé FOUARD, *Vie de J.-C.*)

Celui qui chérit trop la vie et vit pour elle
Ici-bas, la perdra pour la vie éternelle.
Au contraire, pour moi qui la sacrifira
En ce monde, dans l'autre il la retrouvera.
Quiconque d'entre vous veut être à mon service,
Pour être à mon bonheur doit être à mon supplice.
Où je vais, où je suis mon serviteur sera ;
Mon Père comme moi d'honneur le comblera.
Et maintenant je crains cette heure redoutable,
Mon âme en est troublée, ô mon Père adorable.
Vous dirai-je : Eloignez cette heure, ce moment?
Non, car je suis venu pour elle uniquement.
Du ciel glorifiez votre nom, Père tendre. »

Il dit ; soudain d'en haut ce cri se fit entendre :
« Je l'ai glorifié ce nom si glorieux,
Et le glorifîrai de nouveau dans les cieux. »
Or la foule à ce cri fort, extraordinaire,
Avait cru que c'était le fracas du tonnerre.
Quelques-uns prétendaient que du ciel descendu
Pour lui parler un ange avait soudain paru.
« Mais non, reprit Jésus, cette voix éclatante
N'est pas pour moi, mais pour votre foi chancelante.
A cette heure le monde attend son jugement.
On doit en expulser le roi prochainement.

Pour moi, lorsqu'ils m'auront élevé hors de terre
Je vais tout attirer à ma croix salutaire. »
Le Sauveur par ces mots indiquait clairement
Sur une infâme croix son genre de tourment.
La foule répliqua : « Mais la loi nous enseigne
Que le Christ ne meurt point, qu'éternel est son règne.
Comment dites-vous donc que devant expirer
Vous devez en mourant à vous tout attirer ?
Quel est ce Fils de l'homme? » Et Jésus de leur dire :
« Tant qu'en vous vous verrez sa lumière vous luire,
Faites-en bon profit, marchez à sa clarté
Pour n'être point la nuit pris par l'obscurité ;
Car quiconque au milieu de la nuit se promène
Ne sait point où ses pas, où sa marche l'entraîne.
Parmi vous autant donc que le verront vos yeux,
Vous, ses enfants, suivez son flambeau radieux. »
A ces mots s'éloignant de la foule en silence,
Jésus à leurs regards déroba sa présence.

Tel fut du Christ aux Juifs, de sa gloire envieux,
De son dernier discours le sens mystérieux.
C'est au temple qu'ainsi finit son ministère,
Leur prêchant de la croix l'ineffable mystère.
Mais il vit que leurs yeux étaient trop obscurcis,
Leurs esprits aveuglés, leurs cœurs trop endurcis,

Pour vouloir profiter de sa divine grâce,
Qu'ils ne se rendraient pas, quelques efforts qu'il fasse,
Comme l'avait prédit Isaïe autrefois,
Lorsqu'il faisait entendre à ce peuple sa voix :
« Quand nous dirons du Christ la mémorable histoire,
Sa passion, sa mort, qui donc voudra nous croire? »

COMPLOT DES JUIFS CONTRE JÉSUS

PACTE DE JUDAS

Ainsi sa mission et ses discours finis,
Jésus, parlant aux siens près de lui réunis :
« Vous savez, leur dit-il, qu'il faut que l'on consomme
La Pâque dans trois jours, et que le Fils de l'homme
Au pouvoir des pécheurs doit être abandonné
Pour être sur la croix à mourir condamné. »
Cependant dans la cour du grand prêtre Caïphe
Les prêtres, les docteurs, le souverain pontife,
Venaient en grand conseil tous de se réunir,
Voulant avec Jésus à tout prix en finir.
Et comme ils n'étaient pas d'avis qu'on le saisisse
En employant la force, on usa d'artifice.
Dans leur dessein perfide ils se disaient entre eux :
« Pour le prendre évitons le concours trop nombreux
Du peuple qui l'honore à l'égal d'un prophète ;
Et que ce ne soit pas surtout un jour de fête,

De peur de quelque émeute ou de sédition
Dans les foules qui l'ont en vénération. »

Mais déjà de Judas, celui qui fut le traître,
Par l'appât de l'argent Satan s'est rendu maître.
L'apostat va trouver, l'esprit sombre et troublé,
Des prêtres, des anciens, le conseil assemblé.
« Quelle somme, dit-il, voulez-vous me remettre?
En échange en vos mains je vous livre mon Maître. »
Caïphe avec bonheur et jubilation
Accueillit de Judas la proposition ;
Et de tout le conseil non moindre fut la joie
De pouvoir aisément saisir ainsi sa proie.
Ils convinrent entre eux à l'apôtre obligeant
De donner pour tout prix trente pièces d'argent.
Le pacte ainsi conclu, cet avare sordide
Saisit l'or d'une main criminelle et cupide.
Dès lors, voulant remplir sa triste mission,
Judas de le livrer cherchait l'occasion.

JÉSUS FAIT LA PAQUE LÉGALE

AVEC SES DISCIPLES

Des azymes c'était la première journée,
Où la loi prescrivait d'immoler chaque année
Un agneau pur, d'un an, nommé l'agneau pascal,
Et de le consommer en un repas frugal.
Les disciples soumis vinrent trouver leur Maître
Pour qu'à ses volontés ils puissent se soumettre.
« Seigneur, lui dirent-ils, où faut-il aujourd'hui
Au coucher du soleil, quand tombera la nuit,
Vous préparer un lieu, vous trouver une salle,
Pour y manger l'agneau de la Pâque légale?
— Allez, répond alors Jésus à Pierre et Jean,
Gagnez Jérusalem d'un pas prompt, diligent,
Et lorsque vous serez aux portes de la ville,
Vous trouverez un homme, au cœur humble et docile,
Et portant sur la tête un vase rempli d'eau.
Où cet homme entrera, vous, entrez aussitôt,

Et dites : « Le Seigneur veut, avant qu'il ne meure,
Pour consommer l'agneau choisir votre demeure.
Faites-nous voir la salle et la table au milieu,
Où Jésus doit se rendre et la Pâque avoir lieu. »
Alors il vous fera voir une salle haute,
Meublée et tapissée et digne de son hôte.
Là vous préparerez avec soin ce qu'il faut
Pour pouvoir au déclin du jour manger l'agneau. »
Il dit, et Pierre et Jean partant d'un pas agile,
Rencontrèrent cet homme en entrant dans la ville,
Ainsi que le Sauveur le leur avait décrit.
Ils préparèrent tout ce qu'il avait prescrit.

Le soir, quand le soleil achevant sa carrière,
Dans l'ombre du couchant éteignait sa lumière,
Jésus avec les douze apôtres se rendit
Dans la salle; et s'étant mis à table il leur dit :
« J'ai soupiré longtemps après ce jour propice,
Où je ferais, avant mon dernier sacrifice,
La Pâque avec vous tous pour la dernière fois.
Car je vous le prédis — voilant soudain sa voix —
Je ne la ferai plus sans qu'elle s'accomplisse
Au royaume des cieux. » Puis, prenant le calice,
Il le bénit disant : « Buvez, vous tous ici,
Le vin pur que contient la coupe que voici. »

A ces mots chacun d'eux fait passer à la ronde
Cette coupe avec une émotion profonde.
Ils mangèrent ensuite entier et d'une fois
L'agneau rôti, percé de deux branches de bois
— Car ils l'avaient fait cuire et rôtir sur la braise. —
Ils purent le manger entier, ils étaient treize.
Les os restés intacts furent au feu livrés,
Car tels étaient des Juifs les rites consacrés.

JÉSUS LAVE LES PIEDS A SES APOTRES

AVANT LA PAQUE EUCHARISTIQUE

Mais avant de manger l'Agneau saint, adorable,
Avant d'instituer la Pâque véritable,
Jésus, montrant qu'il faut avec l'humilité,
Pour manger l'Agneau pur, la sainte pureté,
Va leur donner l'exemple et de l'une et de l'autre,
En lavant de ses mains les pieds de chaque apôtre.
Sachant donc venus l'heure et l'instant solennel
De passer de ce monde à son Père éternel,
Comme il avait aimé d'une amitié profonde
Ceux qu'il avait choisis et retirés du monde,
Il les aima de même à l'heure du trépas.
Quand fut donc terminé le solennel repas,
Et que le diable eut mis dans le cœur du perfide
Le dessein d'accomplir son lâche déicide,
Sachant qu'entre ses mains son Père a tout donné,
Au salut des mortels a tout subordonné,

Et que sorti de Dieu pour venir sur la terre,
Il allait retourner vers ce céleste Père,
Il se leva de table, ôta son vêtement.
— Son habit de dessus, son manteau seulement —
Puis comme un serviteur, ou comme un simple esclave,
Qui rend cet humble office à son maître qu'il lave,
Lui, le Maître du monde et le Dieu trois fois saint.
D'un linge se ceignant, mit l'eau dans un bassin,
Et se mit à laver, condescendance extrême!
Des Apôtres les pieds, à les essuyer même
Avec le linge blanc dont sa main se servait.
Cependant chacun d'eux, étonné, l'observait.
Or, c'est par le premier apôtre qu'il commence,
Pierre, qui de Jésus avait la préférence.
D'un service si bas l'apôtre tout confus,
Manifesta tout haut au Sauveur son refus.
« — Quoi! me laver les pieds, vous, le Roi de la terre!
« — Tu ne peux le comprendre en ce moment, ô Pierre.
Mais de cela plus tard tu sauras le motif. »
« — Jamais, Seigneur, lui dit l'apôtre humble et craintif,
Je ne consentirai, ni ne saurai permettre
Qu'un simple serviteur soit lavé par son Maître. »
« — Si tu n'y consens point, reprit Jésus, plus tard,
Dans mon royaume, au ciel, tu n'auras point de part. »
« — En ce cas, répliqua l'apôtre, je souhaite
Que vous laviez encor et mes mains et ma tête. »

« — Mais au bain, dit Jésus, quiconque a pris le soin
De se laver les mains, la tête, n'a besoin
Que de se relaver les pieds, pleins de poussière,
Pour donner à son corps une blancheur entière.
Et vous êtes bien purs, mais pas tous, il est vrai »
— Il savait celui qui d'entre eux le trahirait. —
Bien qu'ainsi prévenu, Judas froid, impassible,
A cette attention resta comme insensible.
Quand Jésus eut des pieds fini le lavement,
Aux apôtres montré le tendre dévoûment
De son cœur humble et doux, bienfaisant, charitable,
Il reprit ses habits et se remit à table.
« Comprenez-vous, dit-il, ce que je vous ai fait?
Vous m'appelez Seigneur, je le suis en effet.
Si donc moi, votre Maître et Seigneur, chers apôtres,
Vous ai lavé les pieds, ainsi les uns aux autres
Vous devez les laver de la même façon,
Comme je viens de vous en donner la leçon.
Oui, vous devez à tous vous rendre ce service;
Et c'est même aux plus grands que revient cet office.
Vous devez imiter surtout ma charité,
Ma bonté, ma douceur et mon humilité,
Le disciple, aux leçons de son maître docile,
De toutes ses vertus suit l'exemple facile.
En vérité je dis, continua Jésus,
Le serviteur n'est pas, quel qu'il soit, au-dessus

Du Maître qui l'instruit et lui montre sa voie,
Ni l'apôtre plus grand que Celui qui l'envoie.
Heureux donc, et trois fois heureux, si vous savez
Ces choses, plus heureux si vous les observez. »

JÉSUS DÉNONCE LA TRAHISON DE JUDAS

Pourtant de ce bonheur pour vous si souhaitable
Chacun de vous n'est pas également capable :
Car, au milieu de ceux que j'ai choisis, je vois
Un d'entre vous, hélas ! indigne de mon choix.
Oui, je vois l'un de vous devenir le complice
De ceux qui vont bientôt me livrer au supplice.
Il est écrit : « Celui qui partageait mon pain,
Qui vivait à ma table et buvait de mon vin,
Nouvel Achitophel, à son bienfaiteur traître,
Comme lui lèvera son pied contre son maître.
Avant qu'il en arrive ainsi, je vous le dis,
Pour que l'ayant prédit, vous sachiez qui je suis.
Quiconque me reçoit, je vous le manifeste,
Ne reçoit pas moi seul, mais mon Père céleste. »
En ces termes, Jésus à peine eut-il parlé,
Qu'en pensant à Judas son esprit fut troublé.
Puis quittant cette fois tout langage en figure :
« Je dis en vérité, reprit-il, je l'assure,

Oui, je serai trahi par un de vous ici,
Un de vous présents même à cette table-ci. »

Il dit, et consterné, stupéfait chaque apôtre,
Ne sachant qui c'était, s'interrogeaient l'un l'autre.
« Est-ce moi, dit alors chacun d'eux indigné,
Qui suis par vous, Seigneur, le traître désigné?...
« — Celui qui met la main dans le plat est l'indigne
Qui doit trahir son maître : ainsi je le désigne.
Le Fils de l'homme meurt, comme il est dit de lui,
Mais malheur au perfide, oui, malheur à celui
Par lequel il s'en va : mieux lui vaudrait en somme
Qu'en ce monde jamais ne soit venu cet homme. »
Mais Judas, insensible à l'avertissement
Paternel du Sauveur, au pieux mouvement
Dont l'Esprit prévenait son âme par sa grâce,
A tant de dureté joignit encor l'audace
De lui dire : « Est-ce moi ? » Jésus lui répondit :
— Mais compris de lui seul — « Oui, c'est toi, tu l'as dit. »

Cependant le disciple aimé d'un amour tendre
Se penchait vers Jésus comme pour mieux l'entendre.
Quant à Pierre, il était à gauche du Sauveur.
— La gauche chez les Juifs est la place d'honneur. —
Cet apôtre, vers Jean se penchant, lui fit signe,
Disant : « Quel est celui que le Maître désigne? »

Alors l'apôtre, ami de prédilection,
S'approchant de Jésus, fit cette question :
« Seigneur, quel est le traître entre les douze apôtres ? »
Demanda-t-il sans être entendu des onze autres.
« — C'est, répondit Jésus, après qu'il l'eut coupé,
L'apôtre auquel je vais donner ce pain trempé. »
A ces mots, le trempant sans le faire connaître,
Il le donne à Judas en désignant le traître.
Quand Judas eut saisi, mangé le pain offert,
Il se vit possédé d'un esprit de l'enfer.
Et Jésus, n'espérant plus rien de l'hypocrite,
Lui dit : « Ce que tu fais, Judas, fais-le au plus vite. »
Mais des douze assistants personne n'entendit
Ce mot que de Judas le Sauveur avait dit.
Plusieurs même d'entre eux crurent tout au contraire,
Comme il était porteur de l'argent nécessaire
A l'achat des objets dont ils avaient besoin,
Que Jésus avait dit : « C'est à toi qu'est le soin
D'acheter ce qu'il faut pour préparer la fête,
Ou qu'aux pauvres encor une aumône soit faite. »
Lui cependant, son pain aussitôt avalé,
Sort précipitamment inquiet et troublé.

Or, la nuit, s'étendant déjà noire et profonde,
Couvrait de son manteau le ciel, la terre et l'onde,

Et dérobant ainsi la lumière à ses yeux,
Lui cachait son forfait en lui voilant les cieux.
Quand l'apôtre infidèle et poussé par le diable,
Sortit pour accomplir son projet exécrable,
Jésus à son départ se sentit soulagé,
Et comme d'un poids lourd sur son cœur déchargé.
Puis il reprit : « Voici l'heure où le Fils de l'homme
Va reprendre sa place en son divin royaume,
Où son Père en lui doit être glorifié,
Et de tous ses péchés l'homme purifié. »

JÉSUS INSTITUE
LA SAINTE EUCHARISTIE

NOURRITURE, SACREMENT, HOSTIE

Mais le Christ à la Pâque antique et solennelle
Va faire succéder maintenant la nouvelle,
Et substituer l'ombre à la réalité,
Et la figure morte à la vive clarté.
Près de quitter la terre en douleurs si féconde,
De mourir sur la croix pour le salut du monde,
Il veut avant sa mort, opérant à nos yeux
De son amour pour nous le fait prodigieux,
Nous laisser en mourant, testament ineffable !
De son corps, de son sang la présence adorable ;
Et puis, — par un prodige encor plus surprenant,
Puisqu'il reste avec nous à l'état permanent —
S'immoler chaque jour, innocente Victime,
Sur l'autel, du pécheur pour expier le crime,

Et servir de breuvage et d'aliment divin
De l'âme, sous l'espèce et du pain et du vin.
Or, c'est juste au moment où l'homme en sa démence
Veut le faire mourir, qu'en son amour immense,
Mettant pour lui le comble à tout ce qu'il a fait,
Dieu fait à l'homme don de son plus grand bienfait.

Pendant qu'ils n'étaient plus que onze assis à table,
Jésus prit d'une main et sainte et vénérable
Le pain, puis le bénit, enfin le divisant,
Rendit grâce à son Père et le donna, disant :
« Mangez tous de ceci. Sous la faible apparence
Du pain, c'est de ma chair la réelle substance.
Oui, ceci, c'est ma chair, mon corps substantiel,
Pain vivant, véritable et descendu du ciel,
Mon corps, qui par les Juifs, ô perspective amère!
Sera cloué demain sur la croix au Calvaire,
Et qui dès maintenant est le gage immortel
Pour les hommes ingrats d'un amour éternel. »
Il dit, au même instant le prodige s'opère
Par cette main qui fit et le ciel et la terre ;
Car lorsque parle Dieu, ce n'est jamais en vain.
Son corps fut tout entier sous l'espèce du pain.

De même après la cène, ayant pris le calice
Qui contenait le vin pour le saint sacrifice,

Rendant grâce à son Père, il le bénit aussi.
Et dit en leur offrant : « Buvez tous de ceci,
Ceci qui, sous l'espèce et la faible apparence
Du vin, est de mon sang la réelle substance,
Qui devenant pour l'homme un breuvage divin,
Est à l'âme ce que pour le corps est le vin.
C'est le sang de la sainte et nouvelle alliance
Qu'avec vous aujourd'hui Dieu, dans sa bienveillance,
A voulu contracter : sang qui non seulement
Sera versé demain, mais qui, dès ce moment,
Est répandu déjà d'une façon mystique,
Et met ainsi le terme à l'alliance antique,
Impuissante à remettre aucun péché commis.
Dès lors, par la nouvelle ils seront tous remis. »
Il dit ; au même instant s'accomplit le mystère
Par la main qui changeait en vin l'eau salutaire,
Aux noces de Cana, dans un festin pieux.
Il change ici le vin en son sang précieux.
Ainsi de l'homme un Dieu se fait la nourriture,
Le Créateur nourrit sa propre créature
De sa chair, de son sang : ainsi rassasié,
L'homme est un autre Christ : il est déifié.
Toutefois cette auguste et sainte Eucharistie
Est non pas seulement breuvage et pain de vie,
Mais Jésus veut encore en faire un sacrement.
Après donc que du pain, du vin le changement

Se fut fait en son corps, en son sang adorable,
Qu'il eut institué ce festin mémorable,
L'abrégé merveilleux des œuvres de ses mains,
Et le plus riche don qu'il ait fait aux humains,
Pour en perpétuer la faveur d'âge en âge
Le Sauveur ajouta dans son divin langage :
« Ce que je viens de faire, en mémoire de moi
Faites-le vous aussi, de la nouvelle loi
Vous, les ministres saints et les nouveaux apôtres,
Consacrés pour le faire et le donner aux autres.
C'est l'oblation pure et qu'on offre en tout lieu,
Figurée autrefois, qu'accomplit l'Homme-Dieu ;
Car le sang des taureaux, ni celui des génisses,
Ni d'impurs animaux les sanglants sacrifices
Ne pouvaient des pécheurs effacer les forfaits.
Ce qu'ils n'ont pu, mon sang le pourra désormais.
Versé demain ce sang divin et salutaire
Des souillures du monde affranchira la terre.
En l'offrant chaque jour jusqu'à la fin des temps,
Vous en appliquerez les mérites constants. »
Ainsi fut établi le sacrement de l'Ordre.
Et les apôtres, puis les prêtres à son ordre,
Consacrèrent dès lors au nom de Jésus-Christ
Et son corps et son sang, comme il l'avait prescrit.

JÉSUS PRÉDIT LE RENIEMENT DE L'APOTRE SAINT PIERRE

Ayant institué la sainte Eucharistie,
Où Jésus est pour nous pain vivant, vin, hostie,
Avec les onze encore, en causant longuement,
Il prédit de leur chef le triple renîment :
« Mes apôtres, dit-il, en cette nuit fatale,
Je dis qu'à mon sujet vous souffrirez scandale,
Selon qu'il est écrit : « Que, le Pasteur frappé,
« Les brebis, le troupeau, tout sera dissipé. »
Mais après cette épreuve, unis en assemblée,
Je vous précéderai vivant en Galilée.
Simon, Simon, voilà que Satan t'a criblé
Comme le pur froment. Tu seras ébranlé.
Mais pour toi ma prière, avant que je m'en aille,
Obtiendra que ta foi plus jamais ne défaille.
Pour toi, quand son dépôt en tes mains sera mis,
Que tes frères par toi, soient en elle affermis. »

« — Non, jamais, répondit le prince des apôtres,
Je ne vous renîrai. Non, lorsque tous les autres
Seraient scandalisés, pour moi, je vous promets
De vous rester fidèle, Seigneur, à tout jamais. »
« — En vérité, je dis, et le redis encore;
Cette nuit même, avant que se lève l'aurore
Et que deux fois le coq fasse entendre sa voix,
O Pierre, tu m'auras renié par trois fois... »
Mais l'apôtre, animé d'un zèle téméraire
Et trop présomptueux, quoique encore sincère,
De son bon Maître à la double affirmation
Ose opposer aussi double négation :
« — Quand on devrait, dit-il, me traîner au supplice,
Je ne commettrais point cette lâche injustice. »
Les autres après lui dirent semblablement,
Du même amour pour lui brûlant également.
« Quand je vous envoyais annoncer l'Evangile,
Reprit le doux Sauveur, sans un bâton fragile,
Sans chaussures, ni sac, n'ai-je pas eu bien soin
De vous ? De quelle chose avez-vous eu besoin ? »
« — De rien, lui dirent-ils, et votre providence
Nous a su prodiguer tout avec abondance. »
« — Eh bien ! poursuit Jésus, mais en changeant de ton,
Quiconque a maintenant avec lui son bâton,
Qu'il le prenne à la main, sur le dos sa besace ;
Car le temps de l'épreuve arrive, il nous menace.

Celui qui n'en a point, qu'il vende son manteau
Pour acheter un glaive et le mette au fourreau ;
Car bientôt aura lieu ce qu'ont dit les prophètes,
Les malheurs aussi bien que les promesses faites.
Tout ce qu'à mon sujet dit l'Ancien Testament
Est sur le point d'avoir son accomplissement,
Entre autres cet oracle et si triste et si sombre :
« Des plus grands scélérats il sera mis au nombre. »
Or ce temps de malheur approche, le voici. »
« — Seigneur, lui dirent-ils, deux glaives sont ici. »
« — C'est assez, » dit Jésus en se levant de table.
Puis la prière faite à son Père adorable,
D'une volonté ferme et qui ne faiblit pas,
Au mont des Oliviers il dirige ses pas.

JÉSUS SE REND AU MONT DES OLIVIERS

SA PRIÈRE A LA GROTTE

Ils quittent le cénacle et vont où d'habitude
Le Christ après souper cherchait la solitude.
De là des Oliviers pour gagner le jardin,
Ils devaient du Cédron traverser le ravin.
Ses eaux, où de la ville allaient les immondices,
Se grossissaient encor du sang des sacrifices.
Sur un pont, du cénacle éloigné d'environ
Mille pas, le Sauveur traversa le Cédron.
La nuit depuis longtemps jetait son voile sombre
Sur la vallée étroite et toujours pleine d'ombre.
Des nuages voilaient l'astre au disque argenté,
Triste, en deuil, refusant au monde sa clarté.
Ils arrivent bientôt au jardin solitaire
Nommé Gethsémani, délicieux parterre,
Que connaissait Judas, familier à Jésus.
Or de là, loin du jet d'une pierre, au-dessus,

Se trouvait une grotte, où loin des bruits du monde,
Le Christ venait prier dans une paix profonde.
Laissant donc là les huit autres, il prend à part
Pierre, Jacques et Jean qu'il emmène à l'écart.
Témoins sur le Thabor de sa gloire infinie,
Ils devaient l'être aussi de sa triste agonie.
Là le Sauveur soudain est saisi de terreur,
De tristesse et d'ennui, de dégoût et d'horreur.
« Restez ici, dit-il, car il faut que je prie.
La prière nourrit l'âme et la fortifie.
Mais veillez avec moi, car mon cœur est troublé,
Et d'un mortel ennui je me sens accablé. »

Il dit, et se jetant la face contre terre
En ces mots suppliants il conjure son Père :
« Père, s'il est possible, éloignez de mes yeux
D'angoisse et de douleur ce calice odieux.
Mais s'il n'est pas possible, ô mon Père, de grâce
Que non ma volonté, mais la vôtre se fasse. »
Puis, revenant aux siens, il les trouve endormis.
« Pierre, est-ce là, dit-il, ce que tu m'as promis ?
Qu'as-tu fais de ton zèle ? Eh quoi ! dans la prière
Avec moi tu n'as pu veiller une heure entière ?
Veillez donc et priez pour qu'à l'occasion
Vous ne succombiez point à la tentation.

L'esprit de l'homme est prompt, mais la chair est fragile,
S'il ne veille et ne prie, il est faible et débile. »

. . . . .

A ces mots il retourne une seconde fois
A la grotte disant : « Puisqu'il est, je le vois,
Pour racheter le monde, ô mon Père, impossible
Que de tant de douleurs je ne sois point passible,
Que ce calice amer, qui me fait tant d'effroi,
Sans le boire en entier s'éloigne loin de moi.
Que votre volonté, mon Père, s'accomplisse ;
Je consens pour vous plaire au plus cruel supplice. »
Ils revient vers les siens voir encor ce qu'ils font,
Et les trouve plongés dans un sommeil profond.
Les disciples surpris ne savaient que répondre.

L'AGONIE DU SAUVEUR

ET SA SUEUR DE SANG

Cependant le bon Maitre, au lieu de les confondre,
Les laissant de nouveau, se remit à prier
Pour la troisième fois. Or, devant essuyer
Des forfaits les plus noirs l'horreur, l'ignominie,
Il se voit tout à coup tomber en agonie;
Et se jetant le front à terre, prosterné,
Il sent fondre sur lui tout l'enfer déchaîné.
De profondes douleurs son âme tourmentée
Etait semblable aux flots d'une mer agitée.
C'est alors qu'il sentit, de son cœur jaillissant,
Ruisseler sur son corps une sueur de sang,
Qui, perçant ses habits, vint, prodige incroyable!
Former comme un ruisseau découlant sur le sable.
C'est ainsi qu'écrasé sous le poids des douleurs
De ses membres tremblants Jésus versait des pleurs.

Et l'on eût vu le Christ faillir à son supplice,
Si Dieu n'eût détaché de sa sainte milice
Un ange qui, volant sur ses ailes de feu,
De son abattement vint relever son Dieu.
Un calice à la main l'esprit le fortifie,
Disant qu'il faut le boire, hélas ! jusqu'à la lie,
Mais que de sa prière à Dieu l'encens offert
Le fera triompher du monde et de l'enfer.

Ainsi fortifié par la voix de cet ange
Jésus au bon vouloir de son Père se range.
Alors, parlant aux siens qu'il retrouve endormis :
« Dormez, reposez-vous maintenant, mes amis. »
Il suffit, reprit-il, le temps propice au somme
Est passé : voici l'heure où va le Fils de l'homme
Etre aux mains des pécheurs. Allons, partons d'ici.
Car le traître vers moi s'avance, le voici. »

TRAHISON DE JUDAS

ARRESTATION DE JÉSUS

Jésus parlait encor, lorsque l'on vit paraître
L'infâme qui des douze apôtres fut le traître,
Et choisi comme eux tous par sa bonté..., Judas.
Il s'approche suivi d'un groupe de soldats,
Et de gens bien munis d'armes de toute sorte.
Lui, portant un flambeau, précédait la cohorte.
Or il avait donné pour signal, quel affront!
« C'est celui, dont ma bouche aura baisé le front
Qu'il vous faudra saisir avec une main sûre
Sans lui faire du mal, ni surtout de blessure. »
Mais Jésus, s'avançant au-devant de leurs pas,
Comme un homme d'avance acceptant le trépas :
« Qui cherchez-vous? dit-il avec douceur extrême,
— Jésus de Nazareth. — Ce Jésus, c'est moi-même. »
A ces mots contre terre ils tombent renversés,
Et comme un vil troupeau leurs rangs sont dispersés.

Ils se lèvent saisis d'une peur effroyable.
« Qui cherchez-vous? » reprit cette voix redoutable.
« — Jésus de Nazareth. » Et Jésus répondit :
« Jésús de Nazareth, c'est moi, je vous l'ai dit.
Toutefois, si c'est moi que vous désirez prendre,
Laissez ceux-ci chez eux en liberté se rendre,
Afin que soient encor ces mots vérifiés :
« Nul n'est perdu de ceux à mes soins confiés. »

A peine achevait-il de tenir ce langage
Que le traître s'avance et le baise au visage.
« Ami, lui dit Jésus, quoi! c'est en le baisant
Que tu trahis ton Dieu, ton Maître bienfaisant?
Oh ! si pour me livrer se fût offert un autre,
Je l'aurais supporté; mais Judas, mon apôtre,
Qui vivait avec moi des mêmes sentiments,
Qui partageait mon pain et mes doux aliments!... »
Malgré tant de douceur aussitôt on l'enchaîne;
Puis comme un doux agneau sans défense on l'emmène.
Les apôtres alors surpris, épouvantés,
Entourent le Sauveur, tiré de tous côtés.
Voyant que contre lui la cohorte s'élève,
« Seigneur, lui dirent-ils, si nous frappions du glaive? »
Pierre à ces mots, tirant son glaive du fourreau,
Dans son zèle coupa l'oreille d'un bourreau,

Qui s'appelait Malchus, serviteur du grand prêtre.
C'est ainsi qu'il croyait défendre son bon Maître.

Mais Jésus, toujours plein de bonté, de douceur,
De l'apôtre trop prompt calma la sainte ardeur.
Remettant à Malchus son oreille coupée :
« Pierre, rentre, dit-il, au fourreau ton épée,
Car tous ceux qui du glaive ainsi se serviront,
Par le tranchant du glaive eux-mêmes périront.
Quoi ! ne pourrai-je point boire l'amer calice
Que m'a donné mon Père, et subir mon supplice !
Homme sans foi, comment peux-tu ne pas savoir
Que si du Tout-Puissant j'invoquais le pouvoir,
Il ne m'enverrait pas des célestes phalanges
Contre mes ennemis douze légions d'anges ?
Comment les Livres saints auraient-ils leur effet,
Annonçant qu'il en doit de la sorte être fait ? »

Puis, des pharisiens haranguant les ministres,
Il dit à tous ces gens, aux figures sinistres :
« A moi comme un voleur vous êtes tous venus
Avec de gros bâtons, avec des glaives nus,
M'arrêter, et voici que, venant pour m'entendre
Prêcher au temple assis, vous n'avez pu me prendre.

Mais c'est votre heure, et des ténèbres le pouvoir.
L'enfer, le monde, rien ne saurait m'émouvoir. »
Ainsi parla Jésus, quand d'une peur subite
Les apôtres saisis, tremblants, prirent la fuite.
Alors pour voir son Maître un disciple accouru,
D'un vêtement de nuit à peine revêtu,
Dès qu'il le sentit pris par les gens de Pilate,
Le laissa dans leurs mains, et s'enfuit à la hâte (1).

(1) Comme saint Marc est le seul qui raconte cette circonstance, et qu'on sait d'ailleurs qu'il avait une maison à Jérusalem, où il habitait avec sa mère, plusieurs Pères de l'Église en ont conclu que c'est lui-même dont il est ici question. Quoi qu'il en soit, cette circonstance fait voir assez quel sort était réservé aux apôtres de Jésus-Christ, si le Sauveur ne les avait couverts de sa protection toute-puissante.

JÉSUS EST CONDUIT CHEZ ANNE

Les soldats cependant, le tenant enchaîné,
Emmenèrent Jésus pour qu'il fût condamné
Chez Anne, tout d'abord, beau-père de Caïphe,
Qui durant cette année était le grand pontife.
Caïphe avait prédit qu'il était opportun
Qu'un homme mourût seul pour le salut commun.
Quand le Sauveur fut donc ainsi mis en présence
De ce juge hypocrite et rempli d'arrogance,
Il subit sa première interrogation
Sur sa sainte doctrine et sur sa mission.
« Pourquoi m'interroger ainsi sur ma doctrine,
Dit Jésus, vous savez quelle est son origine?
Je l'ai toujours prêchée aux Juifs publiquement,
Sur la place, en plein jour, au temple ouvertement.
Interrogez plutôt mes fidèles disciples,
Témoins de mes discours et miracles multiples.
Ils savent comme moi tout ce que j'ai prêché;
De mon enseignement rien ne leur est caché.

Et vous devez vous-même en avoir connaissance,
Vous qui de mes discours faisiez la surveillance. »

A ces mots, du grand prêtre un valet insolent
Osa frapper le Christ d'un soufflet violent
En disant : « Est-ce ainsi qu'on répond au grand prêtre? »
Mais Jésus, avec calme et sans laisser paraître
La moindre émotion, lui dit sans s'émouvoir :
« Si j'ai répondu mal, en quoi faites-le voir?
Et si j'ai bien parlé, pourquoi sur mon visage
Décharger sans raison votre insolente rage? »
Anne alors n'espérant du Christ aucun succès,
L'envoya chez Caïphe achever son procès.

JÉSUS DEVANT CAIPHE

Le palais du grand prêtre était près du cénacle.
Là s'étaient assemblés pour rendre leur oracle
Les prêtres, les anciens, les scribes, les docteurs,
Portant contre le Christ la haine dans leurs cœurs.
Sur un trône, au milieu, siégeait le grand pontife.
Jésus était debout en face de Caïphe.
Le grand conseil alors de témoignages faux
Cherche à couvrir Jésus, l'Homme-Dieu sans défauts.
Mais ils n'en trouvent point, malgré leur perfidie.
Tout n'était que mensonge et noire fourberie.
Comme ils ne voulaient pas sans raison néanmoins
Le condamner à mort, il vint deux faux témoins :
« Nous avons entendu de nos propres oreilles,
Dirent-ils, ce Jésus, ce faiseur de merveilles,
Disant : « Je puis détruire et refaire en trois jours
« Ce temple merveilleux qui doit durer toujours. »
« — A ce juste grief n'as-tu rien à répondre,
Ou faut-il de nouveau par d'autres te confondre ?

S'écria tout à coup Caïphe en se levant.
Mais Jésus se taisait. « Au nom du Dieu vivant,
Je t'adjure, dis-nous, de ce Dieu redoutable,
Es-tu vraiment le Christ et le Fils véritable?
— Tu l'as dit, je le suis, dit Jésus aussitôt,
Oui, je le suis vraiment, et vous verrez bientôt
Le Fils de l'homme assis à la droite du Père
Descendre un jour du ciel juger toute la terre. »

Il dit, et le grand prêtre, outré d'un faux dépit,
Et de bas jusqu'en haut déchirant son habit :
« Cet homme a blasphémé, dit-il, que vous en semble?
— Il est digne de mort », dirent-ils tous ensemble.
Tous l'insultent alors comme un blasphémateur;
Ils le traitent de fourbe et d'infâme imposteur.
Ils l'accablent d'injure, et d'opprobre et d'outrage,
Et d'ignobles crachats ils couvrent son visage.
Ils lui donnent des coups de poing et des soufflets.
Ainsi le Saint des saints est le jeu des valets.
Bien plus : d'un vil bandeau, d'un masque abominable,
Voilant ses traits divins et sa face adorable,
Ils le frappaient, disant : « Toi qu'on ne peut tromper,
Christ, prophétise-nous qui vient de te frapper. »

Mais, doux comme un agneau, Jésus offrait sa tête,
Accomplissant ainsi l'oracle du prophète :

« Je présentais mon corps aux coups des bras nerveux.
A ceux qui m'arrachaient la barbe et les cheveux,
J'offrais tantôt la tête et tantôt le visage.
Des ignobles crachats je supportais l'outrage ;
Je restais sous leurs coups immobile et fixé
Comme un rocher battu par le flot courroucé.
Si la confusion ne couvrait point ma face,
C'est que du Tout-Puissant me soutenait la grâce. »

RENIEMENT DE SAINT PIERRE

Mais pendant ces affronts, ces outrages affreux,
Que faisaient de Jésus les disciples peureux ?
Ils s'étaient tous enfuis, Pierre comme les autres,
Pierre pourtant le chef, le prince des apôtres.
Cependant sur ses pas il était revenu,
Pris d'un remords subit, le cœur triste, abattu.
Il avait pu se joindre au disciple fidèle,
L'Apôtre que Jésus aimait, comme il s'appelle
Connu du grand pontife ainsi que des valets,
Jean put avec Jésus entrer dans le palais.
Et Pierre, en attendant que le Sauveur en sorte,
Le suivit en tremblant jusqu'au seuil de la porte.
Mais au bout d'un instant Jean put le faire entrer,
Et dans l'intérieur de la cour pénétrer.

Or les soldats assis se chauffaient à la flamme
D'un brasier pétillant : là, le trouble dans l'âme,

Pierre attendait la fin du triste jugement.
La chose allait au mieux, lorsqu'au bout d'un moment,
On vit soudain vers lui s'avancer la portière
Qui voyant se chauffer l'apôtre à la lumière,
Après l'avoir fixé de plus près, dévoila
Le secret en disant : « Pierre est de ces gens-là.
— Non, non, je n'en suis pas, lui répondit l'apôtre,
Femme, tu fais erreur et me prends pour un autre. »
A ces mots, découvert, Pierre sort sur-le-champ.
Du coq on entendit alors le premier chant.
Il était encor plein de trouble et d'épouvante,
Quand, à peine rentré, vint une autre servante,
Disant : « Oui, c'est cet homme, et je le connais bien,
Qui vit avec Jésus, dit le Galiléen.
— Non, je ne connais pas cet homme, je le jure, »
Reprit l'apôtre, ainsi renégat et parjure.
Mais moins d'une heure après ce second renîment,
Plusieurs des assistants dirent : « Assurément
Pierre est de ces gens-là, car sa voix et sa mine
Trahissent clairement son pays d'origine. »

Celui qui s'était cru si fort dans le danger
Ose traiter ainsi son Maître d'étranger.
On ne s'arrête pas en chemin dans le crime,
Et souvent un abîme appelle un autre abîme.

Pierre n'avait voulu d'abord que le nier;
Il va l'injurier, haïr, calomnier,
Jurer avec serment qu'il ne connait son Maitre.
En effet, des nombreux serviteurs du grand prêtre,
Un parent de Malchus, dont il avait blessé
L'oreille avec son glaive, en son zèle empressé,
Lui dit : : « Ne t'ai-je pas vu quand, par ton épée,
De mon frère, au jardin, l'oreille fut coupée ? »
L'apôtre, se voyant, à ces mots, confondu,
Triste, égaré, tremblant, de frayeur éperdu,
A la négation ajouta le blasphème,
Se mit à l'accabler d'outrage et d'anathème.
Il le niait ainsi pour la troisième fois,
Quand de nouveau le coq fit entendre sa voix.
Mais Jésus, se tournant, vit l'apôtre tout proche,
Jeta sur lui soudain un regard de reproche.
Pierre alors se souvint de la prédiction :
« Du second chant du coq avant l'audition,
Tu m'auras, dit Jésus, devant tous, je l'assure,
Renié par trois fois, infidèle et parjure. »
De ce divin regard, touché profondément,
Pierre sortit dehors pleurer amèrement.

JÉSUS PARAIT DE NOUVEAU DEVANT CAIPHE ET LE SANHÉDRIN

Mais pendant que l'apôtre, en proie à tant d'alarmes,
Sur son triple péché versait d'amères larmes,
La nuit de sa carrière avait fini le tour
Et du jour aux humains annonçait le retour.
Déjà ses premiers feux commençaient à paraître,
Lorsque tous rassemblés encor par le grand prêtre,
Les Juifs du sanhédrin reprirent le conseil,
Pour condamner Jésus au jour, en plein soleil.
Caïphe le fit donc venir en sa présence ;
Puis lui parlant avec une fière arrogance :
« Si tu te crois, dit-il, en ton égarement,
Encor le Fils de Dieu, dis-le nous clairement ?
— Si je le dis, de vous nul ne voudra me croire,
Dit Jésus, répondant à l'interrogatoire,
Ni dans mes questions vous ne me répondrez,
Ou si je me défends vous ne me renverrez ;

Car dans vos cœurs déjà ma mort est résolue,
Et votre volonté perverse est absolue.
Cependant malgré vous, votre perversité,
Vous n'en verrez pas moins le Christ ressuscité,
Un jour au ciel assis à la droite du Père,
Juger tous les mortels, juge juste et sévère.
— Ainsi donc, dirent-ils, tu prétends, c'en est fait,
Etre le Fils de Dieu ? — Je le suis, en effet,
Comme vous l'avez dit. » Il dit, et ce langage
Irrita de nouveau ces hommes pleins de rage.
« Qu'avons-nous, dirent-ils, oui, qu'avons-nous besoin
Pour condamner Jésus d'autre preuve ou témoin ?
N'avez-vous pas ouï cet horrible blasphème
Qu'il vient de proférer de sa bouche lui-même ? »

A ces mots tous ensemble et d'un commun accord,
Comme blasphémateur le condamnent à mort.
Mais là du peuple juif le rôle se termine.
Des fourbes magistrats la troupe s'achemine
Chez Pilate ; elle va le livrer en ses mains.
Pilate était alors gouverneur des Romains.
Après le peuple saint, c'est la païenne Rome
Qui va donc consommer la mort du Fils de l'homme;
Car il était écrit que, jugé par les siens,
Il devait être mis à mort par les païens.

DÉSESPOIR ET MORT DE JUDAS

Judas voyant alors l'innocente Victime
A la mort condamnée eut horreur de son crime.
Comme autrefois Caïn, vagabond en tout lieu,
Judas désespéra de la bonté de Dieu.
Contre lui le sang pur du Christ criant vengeance,
Il vint trouver Caïphe en toute diligence :
« De l'Agneau saint, dit-il, sans souillure, innocent,
J'ai fait un trop grand crime en vous livrant le sang;
Tenez, voilà l'argent. — Nous n'en avons que faire,
Dirent-ils tous, qu'importe à nous, c'est ton affaire ! »
Le traître, dans le temple après l'avoir jeté,
Poussé du désespoir, de remords tourmenté,
Loin d'implorer le Dieu de la miséricorde,
A la branche d'un arbre enlacé d'une corde,
Se pendit... Par le poids du corps le nœud rompu,
Le maudit en avant tomba mort, étendu.

Son ventre ayant crevé, ses entrailles sortirent,
Et sur le sol avec horreur se répandirent.

Les prêtres toutefois, ayant vu cet argent,
Le recueillent avec un zèle diligent
Disant : « Il n'est permis, ni juste de remettre
Cet argent au trésor, car c'est l'argent du traître,
Et le vrai prix du sang. » Le conseil tout entier
Fut d'avis d'acheter la terre d'un potier.
Ce champ des étrangers devint la sépulture,
Pour n'être pas ailleurs des bêtes la pâture.
De Jérémie alors ces mots furent compris :
« Les Juifs ont accepté trente deniers pour prix
Du sang dont ils ont cru l'estime convenable
Pour sa juste valeur dans leur conseil coupable. »
De là lui vient le nom de champ d'Haceldema,
Champ du sang : c'est ainsi qu'alors on le nomma.

JÉSUS DEVANT PILATE

Condamné par les Juifs, Jésus tête penchée
Et derrière le dos chaque main attachée
Dans ce triste appareil, au milieu d'un grand bruit,
Pour être interrogé chez Pilate est conduit.
Au sein d'une foule ivre et pleine d'insolence
Le Christ s'avançait calme et gardait le silence.
Il était entouré des prêtres, des docteurs
Et des pharisiens fiers et triomphateurs.
En route des valets la horde roturière
L'insultait à l'envi, le poussait par derrière.
Cette scène écœurante eut lieu tout le chemin
Qui conduit au palais du gouverneur romain.

Or du jour seulement c'était la sixième heure.
Ils ne purent donc pas entrer dans sa demeure,
De peur de se souiller et de ne pas pouvoir
Manger l'agneau pascal à la cène du soir.

C'est ainsi pour ne point noircir leur conscience
Qu'ils attendirent plus d'une heure en patience.
A leur attente enfin Pilate se rendit.
Puis, se montrant au seuil du palais, il leur dit :
« Quelle accusation faites-vous à cet homme,
Jésus de Nazareth, c'est ainsi qu'on le nomme ? »
« — S'il n'était, dirent-ils, de crime soupçonné
Nous ne vous l'aurions pas conduit tout enchaîné.
Non, si de grands forfaits il n'était pas coupable
Nous n'aurions pas mené vers vous ce misérable. »
« — Mais prenez-le vous-même, et selon votre loi
Jugez-le, vous n'avez aucun besoin de moi. »
« — Vous avez le pouvoir souverain que vous donne
César : nous ne pouvons, nous, mettre à mort personne. »
Ils se mirent alors à l'accuser disant :
« Nous avons vu cet homme agitant, divisant
Le peuple de Judée, à notre loi fidèle,
L'exhortant au contraire à s'y montrer rebelle,
Défendant de payer à César le tribut,
Se disant roi des Juifs, lui des Juifs le rebut. »

Pilate alors, prenant un moyen dilatoire,
Sans vouloir leur répondre entra dans le prétoire.
Là, l'ayant pris à part il dit seul au captif :
« — Es-tu donc, dis-le moi, le roi du peuple juif? »

« — De vous, répond Jésus, tenez-vous ce langage
Ou vous a-t-on de moi rendu ce témoignage ? »
« — Est-ce que je suis Juif ? reprend avec dédain
Aux paroles du Christ le gouverneur romain.
De ta religion les princes, le grand prêtre,
Viennent de t'accuser à leur loi d'être traître,
De soulever le peuple à la sédition,
De te dire le Christ, roi de la nation.
Qu'as-tu fait ? » — « Mon royaume, il n'est pas de ce monde.
Dit Jésus, car un roi de ministres abonde.
S'il était de ce monde ils combattraient pour moi. »
« — Mais alors, dit Pilate, est-tu donc vraiment roi ? »
« — Vous l'avez dit, et j'ai ce titre de naissance ;
Je n'ai point comme vous d'un autre ma puissance.
C'est d'en haut, non d'ici que vient ma royauté ;
Je viens rendre ici-bas gloire à la vérité,
Et quiconque voudra croire à mon témoignage,
Il doit de ma parole entendre le langage. »
« — Mais qu'est la vérité ? » fait Pilate interdit.
A ces mots vers les Juifs il se tourne et leur dit :
« Je viens d'interroger votre homme si coupable,
Je n'ai rien pu trouver en lui de condamnable. »

Et comme les anciens, les prêtres envieux,
L'accusaient tour à tour de crimes odieux,

Aux injures de tous, à leur grande insolence,
Jésus ne répondait que par un grand silence.
« — Hé quoi ! n'entends-tu pas, dit Pilate étonné,
Tout ce que dit de toi ce peuple mutiné ?
N'as-tu rien à répondre aux griefs qu'il prononce ? »
Mais Jésus se taisait et restait sans réponse.
Ce grand calme au milieu de l'agitation
Jeta le gouverneur dans l'admiration.

JÉSUS DEVANT HÉRODE

Mais les Juifs insistaient, disant : « Ce séducteur
Soulève la contrée en vrai perturbateur,
Fomente la révolte en toute la Judée
Jusqu'à Jérusalem depuis la Galilée. »
Au nom de ce pays où Pilate n'est rien,
Il demande à Jésus s'il est Galiléen.
Assuré qu'il était sous l'ordre et la puissance
D'Hérode, il profita de cette circonstance
Pour se défaire ainsi de l'innocent captif,
Qu'en aucune façon il ne trouvait fautif.
Il le fit aussitôt conduire à ce monarque,
Qui de la Galilée était alors tétrarque,
Et dans Jérusalem aussi bien se trouvait
En ce temps où tout Juif pour la Pâque arrivait.
Quand on vint annoncer au prince sa venue
Hérode ressentit de la joie à sa vue;
Car il avait cherché depuis longtemps à voir
Un homme si puissant en parole, en pouvoir.

Il pensait de sa bouche entendre quelque oracle,
Ou le voir de ses mains faire quelque miracle.
Aussi l'accablait-il d'interrogations
Sur des sujets divers, sur mille questions.
Mais devant ce parleur si rempli d'insolence
Jésus baissait la tête et gardait le silence.

Les prêtres cependant, les docteurs de la foi,
Venus pour l'accuser, debout auprès du roi,
Contre le doux Sauveur de nouveau s'ameutèrent,
Et de la même haine animés répétèrent
Leurs accusations. Hérode tout surpris
Qu'il ne répondît pas, l'accabla de mépris.
Sa cour en fit autant. Ils ne pouvaient comprendre
Qu'un coupable accusé ne voulût se défendre.
N'osant pas condamner pourtant un innocent
Au souvenir de Jean, dont il versa le sang,
Il feignit seulement de le croire imbécile,
Homme dont la raison était faible et débile.
Il le fit amener dans la cour du palais
Pour l'offrir en risée aux soldats, aux valets.
Le faisant pour cela couvrir par ironie,
D'une tunique blanche, habit d'ignominie,
Comme on en revêtait les insensés, les fous.
Sur lui comme des chiens lors ils se jettent tous,

On lui crache au visage, on l'outrage, on l'insulte,
On le frappe, et tout est permis contre le Juste.
De la vile canaille il devient le jouet.
D'un Dieu la valetaille en riant se jouait.
Ainsi du Tout-Puissant la sagesse infinie
Aux yeux des libertins parut une folie.
Ainsi le trois fois Saint en ce monde a passé
Pour un grand scélérat et pour un insensé.

JÉSUS ET BARABBAS

C'est ainsi, revêtu de sa blanche tunique,
Dans cet accoutrement ridicule, ironique,
Qu'on traita de Jésus l'auguste majesté,
Revenant à Pilate à travers la cité.
Et les Juifs repaissaient leurs yeux de ce spectacle,
D'autant plus acharnés qu'ils trouvaient plus d'obstacle.
Les prêtres au prétoire assemblés aussitôt,
Pilate harangua le peuple de nouveau :
« Vous m'avez amené, s'écria-t-il, cet homme
Comme séditieux, soulevant contre Rome
Le peuple ; cependant, l'ayant interrogé
Sur tout ce que de lui vous avez exigé,
Je n'ai rien pu trouver en lui de condamnable,
Non, rien de ce dont vous l'accusez coupable.
Hérode même, à qui j'ai confié son sort,
Ne l'a point condamné, ni cru digne de mort.
Je vais le faire donc flageller pour vous plaire,
Et le lâcher après cette épreuve exemplaire. »

Mais ce nouveau moyen qu'il avait cru tenter
Pour leur faire plaisir ne put les contenter.
D'un autre expédient il pensa faire usage,
Expédient qu'alors il jugea le plus sage.
Suivant une coutume, au choix du peuple juif,
A Pàque, chaque année, on lâchait un captif.
Or, à cette heure, au fond de la prison funèbre,
Se trouvait Barabbas, un prisonnier célèbre,
Qui, pour avoir commis un lâche assassinat,
Etait connu de tous comme un grand scélérat.
Pilate fait mander ce malfaiteur insigne,
Le met près de Jésus pour choisir le plus digne ;
Car il n'ignorait pas que toute la raison
De sa mort était haine, envie et trahison.
« Auquel des deux, dit-il, donnant la préférence,
Voulez-vous accorder l'heureuse délivrance? »
Mais le peuple, aveuglé par de faux magistrats,
S'écria : « Nous voulons, nous voulons Barabbas. »
« — Que faire de Jésus, nommé Christ ou Messie? »
« — Qu'on le condamne à mort et qu'on le crucifie. »
« — Mais quel mal a donc fait cet innocent captif? »
« — A mort! Il s'est dit Christ et roi du peuple juif. »

Leurs cris retentissants comme un son de trompette,
Ou le bruit sourd des flots d'une mer en tempête,

Pilate, alors voyant ses efforts superflus,
Délivra Barabbas et leur livra Jésus,
Pour lui faire subir, comme épreuve dernière,
La flagellation. C'est de cette manière
Qu'il croyait apaiser tout ce peuple en fureur,
En inspirant pour lui la piété, la terreur.

JÉSUS EST FLAGELLÉ

Forçant les criminels à confesser leurs crimes,
Les Romains, sans pitié, flagellaient leurs victimes.
On en vit quelquefois expirer sous les coups.
Les Juifs vont sur Jésus assouvir leur courroux.
Le Christ de ses habits se dépouilla lui-même,
Bien qu'il en ressentît la répugnance extrême.
Quelle confusion, pour l'innocent Jésus,
De laisser voir ainsi son corps, ses membres nus !
Puis on lui prend les mains, ou plutôt il les donne.
On les lie à l'anneau d'une grosse colonne.
Alors, s'armant de fouets, quatre cruels bourreaux
Mettent son corps en sang et sa chair en lambeaux.
Les coups pleuvent serrés sur ce corps maigre et frêle
Comme aux champs en automne on voit tomber la grêle.
L'Agneau sans tache tombe en poussant des sanglots.
Il gémit, il soupire, et son sang coule à flots.
Sous leurs coups redoublés la Victime adorable
Se tord en frémissant comme un ver misérable.

Mais loin d'être attendris, ces tigres inhumains
S'enivrent de son sang, qui jaillit sur leurs mains.
La colonne elle-même en est toute sanglante,
Leurs habits en sont teints, la terre ruisselante.
Ils frappent deux à deux, en cadence et d'aplomb
Avec leurs fouets garnis d'osselets ou de plomb,
Ajoutant chaque fois blessure sur blessure.
Tout son corps n'est bientôt plus qu'une meurtrissure.
Aux retentissements de leurs coups vigoureux
Répondaient de Jésus les soupirs douloureux.

Or pendant qu'ils frappaient d'une main meurtrière,
Pour ses cruels bourreaux il offrait sa prière.
Mais à force de coups ses flancs furent ouverts
Et l'on put voir à jour ses côtes à travers.
Ainsi s'accomplissait l'antique prophétie
Jadis prédite aux Juifs des douleurs du Messie :
« Comme sur une enclume ils ont frappé mon dos,
Ils ont broyé mes chairs et compté tous mes os.
Mon corps n'est qu'une plaie et béante et profonde.
Je suis brisé, moulu pour les péchés du monde. »

JÉSUS EST COURONNÉ D'ÉPINES

Enfin du patient la flagellation
Cessa plus par dégoût que par compassion.
A leur tâche à la fin les bourreaux succombèrent,
Et de leurs bras lassés les fouets usés tombèrent.
Ils avaient à leur proie été tant acharnés
Qu'ils pouvaient voir du Christ les flancs tout décharnés.
Pourtant à cette scène et honteuse et sanglante
En va succéder une autre plus révoltante.
Jésus s'était dit roi : de cette royauté
Ils vont parodier l'auguste majesté.
Ils l'emmènent, suivi d'une nombreuse escorte
Au prétoire, assemblant contre lui la cohorte.
Alors commence aux yeux de ce peuple éhonté
Cette scène outrageante à sa divinité.

Pour honorer un roi d'abord il faut un trône.
Ils lui donnent pour siège un tronçon de colonne.

Puis un manteau royal d'or et de diamant
D'un puissant souverain étant le vêtement,
On le couvre aussitôt d'un manteau d'écarlate,
Vieil habit que portaient les soldats de Pilate.
Mais un grand roi surtout, digne de gouverner,
Doit porter la couronne : on va la lui donner.
D'un arbuste coupant les tiges buissonneuses
Ils en courbent en arc les branches épineuses.
Puis, la couronne faite, ô le cruel affront !
De ses dards épineux ils lui percent le front.
Mais des coups sur son chef telle est la violence
Que les traits acérés et longs comme une lance
En transpercent le crâne, et vont, ô cruauté !
Ressortir par devant, derrière et par côté.
Alors de toutes parts le sang coule et ruisselle,
Sur sa colonne assis Jésus tremble et chancelle,
Le sang de ses cheveux, de sa barbe glissant,
Inonde son visage et son front pâlissant.
Ainsi Celui qu'au ciel la lumière environne,
Que son Père d'honneur et de gloire couronne,
D'un diadème d'or qui voit son front orné,
D'épines ici-bas, d'opprobre est couronné.

Ce n'est pas tout encor. De sa puissance insigne
Un roi doit dans sa main toujours porter le signe.

Or, pour parodier son pouvoir souverain,
Ils offrent à Jésus pour sceptre dans la main
D'un solide roseau la baguette mobile,
De toute royauté ce symbole fragile.
Enfin il faut aux rois des hommages rendus.
C'est ce que l'on va faire encore au Roi Jésus.
Assis sur sa colonne, et la tête penchée,
Le roseau dans ses mains, l'une à l'autre attachée,
On l'adore en faisant la génuflexion,
Disant par ironie et par dérision :
« Salut! ô roi des Juifs. » D'autres plus misérables
Meurtrissent son visage et ses traits adorables
De soufflets violents et d'ignobles crachats.
Cependant le Sauveur priait pour ces ingrats.
Ainsi le Roi de gloire, auprès duquel s'efface
Et pâlit le soleil, et que, voilant leur face,
Les célestes esprits adorent en tremblant.
Est souillé de crachats, ignoble et tout sanglant.

JÉSUS EST CONDAMNÉ A MORT

Avec cette couronne et sa robe écarlate
Jésus fut de nouveau ramené chez Pilate.
Le préteur, le voyant dans un si triste état,
Pris de compassion, interdit s'arrêta.
Du prétoire il lui fit gravir tous les degrés.
Quand il eut vu de près ses traits défigurés,
Sa tête ensanglantée et sa robe grossière,
Son visage souillé de sang et de poussière,
Pilate ressentit comme un frémissement
D'horreur, et tout son corps fut pris d'un tremblement.
Alors le faisant voir sous un arc : « Voilà l'Homme,
Voilà le Roi des Juifs, dit-il, comme on le nomme.
Voyez en quel état les soldats l'ont réduit !
O Juifs, n'avez-vous point compassion de lui ?
Il est de votre envie une pure victime,
Victime en qui, pour moi, je ne trouve aucun crime. »
Mais eux, en le voyant, loin d'en avoir pitié,
Criaient tous : « Otez-le, qu'il soit crucifié. »
« — Vous, crucifiez-le, dit avec ironie
Le préteur indigné : contentez votre envie

En répandant son sang ; pour moi dans ce captif
Je n'ai pu de sa mort trouver aucun motif. »
« — Nous avons une loi, dirent-ils, loi suprême
Par laquelle de mort est puni le blasphème.
Or, d'après cette loi, dont l'effet dure encor,
Quiconque se dit Dieu doit mériter la mort. »
Le faible gouverneur d'une nouvelle crainte,
A ces mots sur son front sentit naître l'empreinte.
Jésus est-il un homme, ou bien l'un de ces dieux,
Se dit-il, qu'on adore à Rome et dans tous lieux.
Il le fit de nouveau rentrer dans le prétoire
Pour lui faire subir un interrogatoire.
« — D'où viens-tu? lui dit-il : n'es-tu qu'un homme, ou bien
Un des dieux? » Jésus ne lui répondit rien.
« Quoi ! tu ne réponds pas, tu gardes le silence !
Ignores-tu qu'en moi, ton juge, est la puissance
De te crucifier ou mettre en liberté ? »
Jésus lui répondit : « Mais cette autorité
Que sur moi vous avez, elle vient de mon Père.
Aussi cejuste Dieu sera-t-il plus sévère
A l'égard de tous ceux qui m'ont à vous livré. »

Il dit, et le préteur cette fois effaré
De l'auguste captif cherchait la délivrance.
Mais ils crièrent tous alors avec outrance :

« — Si vous le délivrez, le prenant en pitié,
De César aussitôt vous perdez l'amitié. »
Pilate enfin, vaincu par ces mots de menace,
Fit amener Jésus dehors, sur la terrasse,
Lithostrotos en grec, en hébreu Gabbatha.
C'était le vendredi, la veille du sabbat,
Et déjà du matin dix heures et demie.

Comme trop longtemps donc durait la plaidoirie,
A laquelle il voulait mettre un terme final,
Le juge en plein air vint s'asseoir au tribunal :
« Voici donc votre roi, roi vrai, non illusoire, »
Dit-il alors aux Juifs d'une voix dérisoire.
Mais eux de s'écrier tous d'une seule voix :
« — Qu'on l'ôte, et qu'on le mette à mort sur une croix! »
« — Quoi! mettre à mort ce roi, que vous dites le vôtre? »
« — Notre roi, c'est César; nous n'en avons point d'autre. »
Pilate alors, voyant à leurs cris éclatants
Qu'il n'y pouvait plus rien et qu'il perdait son temps,
Croyant du reste ainsi couvrir son innocence,
Prit de l'eau, se lava les mains en leur présence,
Disant : « De cette mort, moi je suis innocent;
Vous, vous en répondrez, si vous versez son sang. »

Ainsi parla ce juge, au cœur pusillanime.
Mais le peuple et les Juifs d'une voix unanime :

« Pour ce sang que tu crains, dirent-ils triomphants,
Qu'il retombe sur nous et sur tous nos enfants !... »
Quand il eut proféré cet horrible blasphème
Et du sang de Jésus pris sur lui l'anathème,
Pour contenter ce peuple en fureur, exalté,
Semblable à l'Océan par l'orage agité,
Pilate, redoutant de leurs cris l'insistance,
Debout au tribunal prononce la sentence
Qui condamne à mourir le Maître des humains
Sur la croix réservée aux esclaves romains.
Alors de Barabbas on brise les entraves.
Et Jésus-Christ, semblable au dernier des esclaves,
Lui, l'Auteur de la vie, à mort est condamné.
Le criminel est libre, et le Juste enchaîné.
L'Innocence sans tache est de la mort punie,
Au meurtrier infâme on accorde la vie.

LE CHEMIN DU CALVAIRE

JÉSUS PORTE SA CROIX

Des juges cependant le conseil triomphait.
Ils pouvaient s'applaudir d'un résultat parfait.
Voici qu'entre les mains ils possédaient leur proie.
De tigres affamés ils éprouvaient la joie.
Jésus était à mort condamné sans pitié,
Non par Pilate seul, mais par le peuple entier.
Enfin il est permis à la race maudite
De contenter sa haine et son zèle hypocrite.
Mais ils n'ont point de temps à perdre, il est urgent.
Pilate est indécis, et le peuple changeant.
Ils vont faire à la longue et triste comédie
Succéder la sanglante et noire tragédie.
Ils se saisissent donc de Jésus aussitôt ;
Puis, ôtant l'écarlate, ils mettent son manteau
Sur sa longue tunique ou robe sans couture,
Dont ils serrent les plis de sa large ceinture.

Mais de la sainte croix l'instrument abhorré
Pour le saint patient est déjà préparé.
Le Christ, apercevant le bois de son supplice,
Le saisit dans ses bras, et baise avec délice
La croix, de son amour l'objet si précieux,
La croix, de ses élus le signe glorieux,
La croix enfin, trophée éternel de sa gloire
Et sur ses ennemis l'arme de la victoire.
Après l'avoir baisée ainsi deux ou trois fois,
On le vit se charger lui-même de son poids.
Il devait la porter, hélas ! jusqu'au Calvaire,
Des condamnés à mort selon la loi sévère.
Or du prétoire au lieu de son cruel trépas,
Le trajet n'avait pas moins de treize cents pas.
Le prétoire, où le sol vers l'occident s'incline,
Etait au nord du temple et sur une colline.
C'est de là que des Juifs le cortège nombreux
Partit, suivant du Christ le chemin douloureux.
Tout d'abord un crieur public marchait en tête,
Sonnant de temps en temps du son de la trompette,
Criant des condamnés, — c'était sa fonction —
Le nom et le sujet de condamnation.
Après lui s'avançaient deux repris de justice
Qui devaient de Jésus partager le supplice.
Puis venait le Sauveur, souffrant et résigné,
Et par quatre bourreaux de près accompagné.

A la suite on voyait, sinistres, apparaître
Des prêtres, des anciens, avides de repaître
Leurs yeux pleins de fureur, leur cœur et leur esprit
Du supplice cruel et de la mort du Christ.
Puis le centurion, commandant la cohorte.
Enfin, pour terminer, une nombreuse escorte
D'hommes et de soldats, de femmes et d'enfants,
De la mort de Jésus joyeux et triomphants.

JÉSUS TOMBE LA PREMIÈRE FOIS

RENCONTRE DE SA MÈRE

Tiré de toutes parts à l'aide d'une corde
Par un bourreau barbare et sans miséricorde,
Le Christ, tête penchée et les pieds nus, sanglants,
Avait la marche lourde et les pas chancelants.
Une main soutenait en haut sa croix pesante,
L'autre tenait les plis de sa robe traînante.
Son visage meurtri, pâle et défiguré,
Sous le poids des douleurs paraissait altéré.
Comme il n'avait mangé, ni bu depuis la cène,
Il était épuisé, n'avançant qu'avec peine.
Dans cet état, au lieu de la compassion,
Il n'éprouvait qu'outrage et que dérision.
Semblable au ver de terre en marchant que l'on foule,
Il était le jouet de toute cette foule.

Cependant le chemin montant et rocailleux
Rend sa marche pénible et ses pas périlleux ;

De plus la voie étroite et de pierres remplie
Fait que Jésus chancelle et sous son fardeau plie.
Puis, faisant un faux pas sur un terrain mouvant,
Il tombe tout à coup les deux mains en avant,
Projeté lourdement la face contre terre.
Ses deux genoux froissés heurtent contre la pierre.
Sa couronne s'enfonce, et le sang de nouveau
Coule du crâne ouvert, et même du cerveau.
La Victime sans tache, étendue et gisante,
Pousse un profond soupir et semble être expirante.
Lui, qui sur l'univers a l'absolu pouvoir,
Ne peut se relever ni même se mouvoir.
Le cortège un instant en l'insultant s'arrête.
Alors le fouet cruel de ses bourreaux s'apprête
A le frapper de coups, quand les soldats romains
Dirent : « Relevez-le, de peur qu'entre nos mains
Il n'expire. » Et Jésus par un effort suprême
Sans secours étranger se relève lui-même,

Et poursuit son chemin. Il montait lentement
Haletant, épuisé, lorsqu'au bout d'un moment,
Au détour d'une rue, ô douleur bien amère !
Les yeux baignés de pleurs il rencontre sa Mère.
En voyant son Jésus ainsi défiguré,
Son visage sanglant, son corps tout déchiré,

La mère de douleur, quoique forte et vaillante,
S'affaisse à cette vue et tombe défaillante.
Et le Fils à son tour dans son cœur filial
Ressent de ses douleurs le contre-coup fatal.
Mais il faut jusqu'au bout qu'il boive son calice.
Ensemble unissant donc leur double sacrifice,
Le Rédempteur poursuit son chemin douloureux.
La mère prête au fils son concours généreux.

SIMON LE CYRÉNÉEN
ET SAINTE VÉRONIQUE

Mais la montée étant de plus en plus ardue,
En vain pour avancer le Sauveur s'exténue.
Il n'allait plus déjà que d'un pas incertain,
Ployant sous son fardeau, trop lourd, lorsque soudain
Vint à passer au lieu de cette triste scène
Un Juif nommé Simon, et natif de Cyrène.
C'était un homme fort, âgé de quarante ans,
Revenant des travaux de sa maison des champs.
Il se vit obliger par ordre militaire
D'aider à soutenir la croix traînant par terre.
Et, bien qu'à contre-cœur, il se mit aussitôt
A la suite du Christ, partageant son fardeau.
Il suivait pas à pas le Sauveur par derrière,
Supportant de la croix la charge presque entière.
N'ayant cédé d'abord qu'à la coaction,
Simon sentit bientôt de la croix l'onction.

Mais voici Véronique, au mâle et saint courage,
Qui, le voyant en butte à l'opprobre, à l'outrage,
Le front plein de sueur, de poussière et de sang,
Cède à l'ardent transport qu'en elle elle ressent.
Puis, s'ouvrant au travers de la foule un passage,
Elle approche en tremblant, et de ce beau visage
Qui ravit tous les saints émue au triste aspect,
D'un linge elle l'essuie avec un grand respect.
Et, ravie en son cœur d'une action si belle,
En refendant la foule elle rentre chez elle.
Mais quelle ne fut pas son heureuse stupeur
Quand dépliant son linge elle y vit du Sauveur
Gravée en traits sacrés la sainte ressemblance!
Ce fut de sa vertu la digne récompense.

JÉSUS CONSOLE LES FILLES DE JÉRUSALEM

Cependant, de Simon grâce à la charité,
Jésus avait franchi les murs de la cité,
Et l'arc, par où passaient pour monter au Calvaire
Les criminels, nommé Porte judiciaire.
C'est là que l'attendaient, pour le voir en passant,
Des femmes en grand nombre, au cœur compatissant,
De vierges d'Israël une troupe croyante,
Gémissant d'une voix sensible et larmoyante
Sur le Sauveur en proie à d'horribles douleurs.

Mais Jésus, oubliant les siennes pour les leurs :
« Ne pleurez pas, dit-il d'un ton presque sévère.
Ne versez sur mon sort aucune larme amère,
Pleurez plutôt sur vous, ô filles d'Israël,
Pleurez sur les pécheurs, car si par l'Eternel

Est ainsi maltraité le bois vert et fertile,
Que sera-ce du bois sec, aride, inutile?
Pleurez sur vos enfants, car voici le moment
Où l'on dira de vous avec frémissement :
« Heureux le sein stérile et la mère inféconde
Qui n'a point allaité, qui n'a pas mis au monde. »
Alors dans leur effroi cherchant à se cacher
Dans la sombre caverne ou le creux du rocher :
« Montagnes, diront-ils, aux cimes menaçantes,
Ecrasez-nous du poids de vos masses pesantes;
Terre, entr'ouvre ton sein, engloutis-nous ; et vous,
Vastes mers, sous vos flots ensevelissez-nous. »

JÉSUS EST DÉPOUILLÉ DE SES VÊTEMENTS

Quand il eut annoncé la triste prophétie
Qui quarante ans plus tard devait être accomplie,
Jésus reprit sa marche en montant lentement,
— Et sans Simon il eût succombé fréquemment. —
Enfin à trois cents pas des murailles d'enceinte,
Il arrive au sommet de la montagne sainte,
Où pour tous les mortels va mourir immolé
Le Fils de Dieu, l'Agneau sans tache, immaculé.
Apercevant le lieu du supplice, il succombe
Une dernière fois : le Fort chancelle et tombe,
De son sang pour beaucoup sentant les flots perdus.
Cette pensée accable et consterne Jésus ;
Il voit déjà sa mort et sa longue souffrance
Vaines pour les pécheurs mourant sans pénitence.

Mais le voilà debout au sommet du plateau.
On le dépouille alors d'abord de son manteau,
Dont les plis sont serrés par sa large ceinture.
Mais quand on vint ôter sa robe sans couture,
Comme elle était collée à ses membres meurtris,
De chair on arracha des lambeaux, des débris,
Renouvelant ainsi ses sanglantes blessures,
De son corps flagellé toutes les meurtrissures.
Quand de ses vêtements il fut tout dépouillé
On put voir de Jésus le visage souillé,
Ses flancs tout décharnés, sa poitrine meurtrie,
Tout son corps plein de sang et sa beauté flétrie ;
Les épaules, le dos jusqu'aux os déchirés,
Méconnaissable enfin sur ses traits altérés.
Ainsi s'accomplissait l'antique prophétie
Qu'avait le grand prophète appliquée au Messie :
« Nous l'avons vu, le Christ, en cet horrible état ;
Nous l'avons méconnu, tant il est sans éclat. »

JÉSUS EST CRUCIFIÉ

Mais de sa passion et de tout son supplice,
Le Christ n'a pas encor épuisé le calice.
Du pécheur dans son sang pour laver le péché,
Il doit de plus mourir sur la croix attaché.
Avant de l'y clouer, — comme c'était l'usage —
On présente à Jésus un tonique breuvage.
Or, c'était le mélange amer, artificiel,
D'un vin rempli de myrrhe avec un peu de fiel.
Et quand il eut goûté de cette boisson noire,
Jésus tourna la tête et n'en voulut pas boire.

Cependant les soldats, priés d'être hâtifs,
Du supplice ont déjà fait les préparatifs.
Les croix dans le rocher viennent d'être enfoncées,
Les clous sont effilés, les échelles dressées.
Les liens sont tendus, l'éponge, le marteau
Sont tout prêts : sur la croix est placé l'écriteau.
Quand le Christ devant lui vit ce lit de souffrance,
Tout son corps de frayeur en frissonna d'avance.

La frayeur, toutefois, n'agita que son corps,
Car son âme était prête à subir mille morts.
Les soldats aussitôt de Jésus se saisissent,
Puis au pied de la croix sous les deux bras lui glissent
Des cordes pour tirer le corps par ce moyen
Jusqu'au morceau du bois placé comme un soutien
Au milieu du gibet. Sur ce siège fragile,
Jésus put reposer son corps faible et débile.
Se tenant comme assis sur ce pivot étroit,
En bas les pieds tendus, en haut le corps tout droit,
De sa tête il touchait la branche verticale
De la croix; de ses bras la branche horizontale.

Du Christ ainsi debout les bourreaux inhumains
Avec des clous pointus transpercèrent les mains,
Ces bienfaisantes mains, saintes et vénérables,
Si pleines de vertus, de bienfaits innombrables,
Ces mains ayant guéri des malades nombreux,
Sur nos têtes tendu le pavillon des cieux,
Ces mains qui dans l'azur ont semé les étoiles,
Abrité l'univers sous leurs immenses voiles.
Or, telle est de ces clous la pointe, la grosseur,
Que du bois et des mains ils percent l'épaisseur.
Sous les coups de marteau tous ses membres frémissent.
Les spectateurs émus eux-mêmes en gémissent.

Mais les cruels bourreaux, eux, n'ont point de pitié,
Après les mains, ils vont lui clouer chaque pied.
Quand des clous monstrueux la pointe criminelle
S'enfonce dans les chairs, quelle douleur cruelle !
Ils transpercent ces pieds, à la marche durcis,
Pour ramener à lui les pécheurs endurcis,
A chercher la brebis égarée et perdue
Qui pour mieux l'offenser s'est soustraite à sa vue.
Ainsi le roi David l'avait dit autrefois :
« Ils ont percé mes mains et mes pieds sur le bois. »

Jésus crucifié, les bourreaux dépouillèrent
Les deux voleurs de même, et les crucifièrent
L'un à sa gauche et l'autre à sa droite : au milieu,
Comme plus criminel, fut placé l'Homme-Dieu.
Ainsi des Livres saints l'avait prédit l'oracle :
« Parmi les scélérats il est mis en spectacle. »
A l'outrage opposant son amour, sa pitié,
Le premier mot que dit Jésus crucifié
Ne fut point de colère, encor moins de vengeance,
Mais un mot de pardon, de douce bienveillance,
Pour ses cruels bourreaux. Loin de les condamner,
Il exhorte son Père à tous les pardonner :
« Père, dit-il, pour eux soyez plein d'indulgence,
Ils n'ont de ce qu'ils font aucune intelligence. »

L'ÉCRITEAU
ET LE PARTAGE DES VÊTEMENTS

De la croix du Sauveur au sommet le plus haut,
Pilate avait fait mettre un immense écriteau,
Avec ces quelques mots qu'il avait fait inscrire,
De façon que chacun aisément pût les lire :
« *Jésus de Nazareth, roi des Juifs* ». C'était là
Ce dont les Juifs avaient fait un crime d'état.
Aussi de cette énorme et visible écriture,
Le peuple juif entier put faire la lecture.
Car l'endroit où le Christ fut crucifié nu
Était près de la ville, afin d'être mieux vu.
Or, il était écrit en langues différentes,
Hébreu, grec et latin, les trois langues vivantes.
L'hébreu des Juifs était l'idiome sacré,
Le grec du philosophe et du savant lettré.
Le latin des Romains seul était l'idiome,
Et le seul usité dans leur vaste royaume (1).

(1) « Que la royauté de Jésus soit donc écrite en la langue hébraïque, qui est la langue du peuple de Dieu ; en la langue grecque, qui est

Mais de l'inscription les Juifs étant choqués,
De ce titre honorable à Jésus offusqués,
Au faible gouverneur vinrent dire à la hâte :
« Il n'est pas roi, c'est lui qui se l'est dit. » Pilate,
Contre le grand pontife et les Juifs irrité,
D'avoir été contraint à cette extrémité :
« Ce que j'ai mis, dit-il, j'ai cru devoir le mettre,
Et je n'en veux pas même effacer une lettre. »
Ainsi sans le savoir, contre sa volonté,
Il publia du Christ la sainte royauté,
Qui par tout l'univers allait être adorée,
De l'empire romain dépassant la durée.

Ayant des condamnés fait le dépouillement,
Les bourreaux divisaient entre eux l'habillement.
C'était l'usage ainsi, d'après la loi romaine,
Pour les récompenser, les payer de leur peine.
Les soldats, à Jésus sans nullement songer,
Regardaient ses habits pour se les partager.

la langue des philosophes; en la langue romaine, qui est celle de l'empire et du monde. Et vous, ô Grecs, inventeurs des arts; vous, ô Juifs, héritiers des promesses; vous, Romains, maîtres de la terre, venez lire! Bientôt vous verrez cet homme, abandonné de ses propres disciples, ramasser tous les peuples sous l'invocation de son nom. Bientôt les nations incrédules auxquelles il étend ses bras viendront recevoir le baiser de paix qui les doit réconcilier au vrai Dieu. » (BOSSUET.)

De son manteau d'abord que du glaive ils coupèrent,
Ils firent quatre parts qu'entre eux ils divisèrent.
Pour sa robe ou tunique, ils ne le purent pas.
Faite d'un seul tissu d'en haut jusques en bas,
Et sans qu'on pût y voir paraître une couture,
Elle ne se pouvait couper sans déchirure.
Ainsi ne pouvant pas la partager entre eux,
Ils la firent au sort échoir au plus heureux,
Disant : « Il ne faut pas qu'elle soit divisée,
Mais plutôt par le sort à l'un de nous fixée. »
De cet oracle alors fut l'accomplissement
Plus de mille ans prédit avant l'événement :
« De tous mes vêtements ils ont fait le partage ;
De mes cruels bourreaux ce fut là l'héritage.
Et sur ma robe enfin, d'un unanime accord,
Ne pouvant la couper, ils ont jeté le sort. »
De l'Eglise du Christ, la robe sans couture
Est dans son unité l'emblème et la figure.
Une dans sa doctrine et sa communion,
Elle ne doit souffrir nulle division.

LES BLASPHÉMATEURS

LE BON ET LE MAUVAIS LARRON

Mais de Jésus en croix grande était la souffrance.
Les soldats l'observaient avec indifférence,
Au pied de son gibet assis nonchalamment.
Les Juifs, eux, attendaient debout le dénoûment.
Quant aux princes, docteurs, ils se moquaient du Juste,
En lui jetant en face et l'outrage et l'insulte.
Les passants, le blasphème aux lèvres, le riaient.
Par mépris, en branlant la tête, ils s'écriaient :
« Va! toi qui dans trois jours peux détruire et refaire
Le temple merveilleux, tant de fois séculaire,
Sauve-toi donc toi-même, et puisque tu te crois
Le Fils du Dieu vivant, descends donc de la croix! »
Les Scribes, les Anciens, d'une voix ironique
Lui disaient dans leur rage impie et satanique :
« Il se fait de sauver les autres un devoir;
Pour se sauver lui-même il n'a plus de pouvoir!

S'il est roi d'Israël, qu'il descende en présence
De tous, et nous mettrons en lui notre croyance.
Eh quoi! puisqu'il a mis sa confiance en Dieu,
Qu'il le délivre donc maintenant, s'il le veut!
Il est le Fils de Dieu, l'Eternel est son Père,
Qu'il le sauve, s'il l'aime, en lui puisqu'il espère! »
Aux blasphèmes des Juifs, aux insultes des siens,
Vint s'ajouter encor l'injure des païens.
Ils s'en faisaient un jeu moqueur et dérisoire
En offrant à sa soif de leur vin aigre à boire :
« Allons! lui disaient-ils, s'approchant de la croix,
Toi, des Juifs le monarque, et le plus grand des rois,
Descends de ce gibet, fais-nous voir ta puissance,
Puis en toi, nous aussi, nous aurons confiance? »

De même un des voleurs, à sa gauche placé,
Malgré les clous cruels dont il était percé,
Malgré ses longs tourments, l'injuriait de même,
Lançant contre Jésus cet horrible blasphème :
« S'il est vrai que tu sois le Christ et notre roi,
Sauve-toi, sauve-nous, sauve-nous avec toi! »
Mais l'autre, de Jésus voyant la patience,
La force et la douceur dans sa douleur immense,
Comprit que le martyr, souffrant à son côté
Des bourreaux tant d'outrage et tant de cruauté,

Sans laisser échapper de sa bouche une plainte,
N'était pas criminel, mais la Victime sainte.
Il apostropha donc son compagnon, disant :
« Eh quoi ! ne crains-tu pas le Seigneur tout-puissant,
Toi, qui, près de mourir sur le même Calvaire,
Vas tomber dans les mains de ce juge sévère ?
Pour nous, si nous souffrons ce n'est en vérité,
Que justice et bon droit : nous l'avons mérité.
Mais lui, des méchants Juifs innocente victime,
Il n'a fait aucun mal, ni commis aucun crime. »
Puis, regardant Jésus avec amour et foi :
« Je crois en vous, dit-il, souvenez-vous de moi,
Quand vous aurez gagné votre sainte demeure. »
« — En vérité, répond Jésus avant qu'il meure,
Aujourd'hui tu seras, et je te le promets,
Au paradis heureux dès ce jour à jamais. »

JÉSUS PARLE A SA MÈRE ET A SAINT JEAN

Debout près de la croix du Fils était la Mère,
Triste et le cœur percé d'une douleur amère.
Elle se désolait, la Vierge de douleurs
En voyant son Jésus souffrant, baigné de pleurs.
Son cœur était brisé d'angoisse et de détresse
En voyant expirer le Fils de sa tendresse.
Qui pourrait exprimer combien elle souffrit,
La Vierge immaculée et la Mère du Christ?
Qui pourrait retenir la source de ses larmes
En voyant cette Mère en proie à tant d'alarmes?
Auprès d'elle était Jean, l'apôtre bien-aimé,
D'un invincible amour pour son Maître enflammé.
Jésus, les regardant du haut de son supplice
Tous deux de ses douleurs partageant le calice :
« Femme, dit-il alors à sa Mère parlant,
Voici là votre fils. » Puis, s'adressant à Jean :

« Fils, voilà votre Mère. » Et Jean, depuis cette heure
L'adopta pour sa mère en sa propre demeure (1).

Du divin moribond tel fut le testament
Légué d'abord à Jean, ensuite également
En sa personne aussi fait à tous les Apôtres,
Avec la mission de le transmettre aux autres.
C'est ainsi qu'au déclin d'un jour si douloureux
Jésus, pour les humains toujours plus généreux,
Quand de son sang pour eux la fontaine est tarie,
Leur fait encore don de sa mère..., Marie.
Dès lors, pour ses enfants elle nous adopta.
C'est au pied de la croix qu'elle nous enfanta.
Dès que cette dernière attache fut rompue,
De sa mère terrestre il détourna la vue,
Pour se plonger au sein de son Père éternel,
Elever ses regards expirants vers le ciel;
Car de sa passion l'angoisse était extrême,
Et de sa mort enfin c'était l'heure suprême.

(1) D'après la tradition, Marie aurait passé le reste de ses jours à Jérusalem, dans une maison appartenant à saint Jean, où elle serait morte douze ans après, âgée de soixante ans. Saint Jean, son fils adoptif, l'ensevelit au mont des Oliviers; puis, après la mort de saint Jacques et la dispersion des Apôtres, il se retira à Ephèse.

LES TÉNÈBRES — LA MORT

De la journée encore on n'était qu'à midi,
Quand de l'astre du jour soudain le front pâlit ;
Et, quoique au plus haut point de sa chaude carrière,
Aux mortels effrayés déroba sa lumière :
Entre la terre et lui la lune se glissa,
Et sans qu'on l'eût prévu le soleil s'éclipsa.
L'astre en signe de deuil se voila. Les ténèbres
Couvrirent terre et cieux de leurs ombres funèbres.
La nuit, subitement fondant sur l'univers,
Apporta la frayeur aux animaux divers.
Dans le bleu firmament les étoiles brillèrent.
Sous leur dôme azuré leurs feux étincelèrent.
De la cité perfide on ne distinguait plus
Les murs, ni les maisons, et tout était confus.
Attristés, les troupeaux quittaient leur pâturage.
Plus de chants : des oiseaux cessa le doux ramage.
La terre était en deuil. Il régnait au lointain
Un silence lugubre et de mort, quand soudain,

Au moment où la nuit achevait de s'étendre,
Une voix suppliante ainsi se fit entendre :
« Eloï, Eloï, Lamma Sabacthani !
— Comme le cri perdu d'un malheureux banni —
Signifiant : « Mon Dieu, mon Dieu, dans ta colère,
Pourquoi m'abandonner à ma douleur amère ? »

Cependant aux accents de ce cri douloureux
Ne répondit des Juifs que ce murmure entre eux :
« Dans le prophète Elie il met sa confiance,
Voyons s'il en aura secours et délivrance ? »
Mais voulant accomplir la prophétie, encor
Prédite par David, relative à sa mort :
« Ils ont donné du fiel à ma lèvre brûlante
Et du vinaigre amer à ma soif accablante, »
Le Sauveur, altéré par sa perte de sang,
S'écria tout à coup en ce besoin pressant :
« J'ai soif. » Et sa voix faible alors parut mourante.
Mais loin de lui donner une eau désaltérante,
Un des soldats accourt prendre un roseau léger,
Met une éponge au bout, puis il va la plonger
Dans un vase rempli d'un vinaigre âpre, acide,
Et présente à Jésus ce breuvage sordide.
Le Sauveur refusa de s'y désaltérer.

Il semble alors chercher à se remémorer

S'il n'était pas encor quelque autre prophétie
Par les Livres prédite au sujet du Messie.
Une fois assuré qu'ils étaient accomplis
Les oracles divins par son Père prescrits,
Et du monde voyant la rédemption faite,
Sa mission enfin achevée et parfaite,
De douleur et d'amour alors tout consumé :
« Je puis mourir, dit-il, car tout est consommé ! »
Puis, montrant que sa mort est libre et volontaire,
Il parla d'une voix qui fit trembler la terre ;
« Mon Père, cria-t-il, et Père des humains,
Je remets en mourant mon âme entre vos mains. »
Il dit, et, par ces mots finissant son martyre,
Il incline la tête, et librement expire.

LA MORT DE JÉSUS-CHRIST

PRODIGES QUI L'ACCOMPAGNÈRENT

Mais à peine expiré, pleurant son Créateur,
Tout l'univers ému témoigna sa douleur.
Moins dures que les Juifs les pierres se fendirent,
Et du monde ébranlé les deux pôles frémirent.
Du haut en bas, à l'heure où le Christ expira,
Du Saint des saints le voile en deux se déchira.
De leur sépulcre ouvert on vit, chose incroyable !
Des morts ressuscités la figure effroyable,
Et fantômes errants parcourir la cité
Au jour où le Sauveur parut ressuscité.

Or, le centurion, témoin de ces merveilles,
De ce grand cri de mort qui frappa ses oreilles,
Du tremblement de terre et de l'obscurité
Qui de l'astre du jour a voilé la clarté,

Se mit à rendre gloire au Dieu de la nature,
Au puissant Créateur, dont toute créature
Publiait la puissance et la divinité,
Disant : « Ce n'était point un homme en vérité
Celui qui par sa mort peut faire un tel miracle,
Mais bien le Fils de Dieu. » De même à ce spectacle
Ceux qui gardaient Jésus disaient dans leur effroi :
« Non, celui que des Juifs on appelait le roi
N'était point criminel, c'était un homme juste,
A l'envie, à la haine, à leur fureur en butte. »
Puis frappant leur poitrine, ils s'en allaient, disant :
« Nous avons fait mourir le Fils du Dieu vivant. »

Cette confession publique et solennelle
Des païens en faveur de cette mort si belle,
Etait des magistrats, chefs de la nation,
Dans leurs cœurs endurcis la condamnation.
De la foule au contraire et séduite et trompée,
Une partie en lui crut de crainte frappée.
Or, de ce nombre étaient ses disciples nombreux,
Ceux qui furent témoins de ce spectacle affreux.
De même, près de là, formant un petit groupe,
De femmes d'Israël se tenait une troupe,
Venant de Galilée, où du Sauveur Jésus,
Les actes, la doctrine étaient le plus connus.

Dans ce nombre, on comptait, d'angoisse l'âme pleine,
Et fidèle à Jésus jusqu'au bout, Madeleine :
La mère de Joseph, de Jacques le Mineur,
Marie ; et Salomé, dont fut l'insigne honneur
D'avoir donné naissance au fils de Zébédée.
Ces femmes, quand Jésus était en Galilée,
Du Maître en mission avaient le plus grand soin,
Pourvoyant à tout ce dont il avait besoin.
Beaucoup d'autres encor de la ville venues,
Des mêmes sentiments pour sa personne imbues.
Ce fut pour leur souffrance et leur cœur attristé
Un encouragement consolant, mérité,
De voir publiquement par le ciel publiées
Ses divines vertus par la terre oubliées.

JÉSUS DESCEND AUX LIMBES

Cependant de Jésus la mort n'avait atteint
Que le corps, dont le souffle en lui s'était éteint.
Mais son âme, au cadavre en ce moment ravie,
Loin de subir la mort, était pleine de vie ;
Et tandis qu'il languit, brisé par le trépas,
L'âme descend, vivante, aux enfers ou lieux bas,
Ces heureux champs de foi, d'amour et d'espérance,
Où vivaient, soupirant après leur délivrance,
Les patriarches saints, juges et rois pieux,
Les prophètes anciens, ces justes si nombreux,
Dont la mort consommée en sa sainte croyance
Avait du Christ futur précédé la naissance :
Adam, Noé, Jacob, Moïse et Daniel,
David, Ezéchias, Job et Salathiel.
Tous ces saints résignés dans une foi profonde,
Attendaient pour sortir le Rédempteur du monde.
Depuis quatre mille ans implorant son secours,
Après son arrivée ils soupiraient toujours ;

Car le péché d'Adam, dont l'homme naît coupable,
Avait rendu du ciel la porte impénétrable.
Seul Jésus sur la croix ayant voulu mourir
Par son sang rédempteur pouvait la leur rouvrir.
Combien leur âme dut alors être contente
En voyant arriver l'objet de leur attente!
Jésus, les consolant de leurs longues douleurs :
« De vos yeux, leur dit-il, faites tarir les pleurs,
Car de votre prison je viens briser les chaînes
Et vous promettre enfin vos libertés prochaines
Pour le jour où, prenant mon essor vers les cieux,
Je vous emmènerai triomphants et joyeux. »

Il dit : et des bas lieux les voûtes retentirent
De joie, et les enfers de désespoir frémirent.
Pour les damnés, laissés en leur triste abandon,
Il n'est plus d'espérance, il n'est plus de pardon.
D'un feu vengeur toujours endurant le supplice
Ils publîront de Dieu l'éternelle justice.

LE COUP DE LANCE

Le cadavre du Christ était encore en croix.
Ses membres devenaient déjà raides et froids.
Or des suppliciés, d'après la loi romaine,
Les corps restaient pendus souvent une semaine.
C'est ainsi qu'exposés pendant un si long temps
Ils étaient dévorés des vautours, des milans.
Mais Moïse avait fait dans sa loi la défense
Qu'aucun corps ne restât un jour sur la potence.
Il devait du gibet même être détaché
Avant que du soleil l'astre se fût couché.
Cette prescription devenait plus urgente
A la veille du jour de la fête imminente
De Pâque, et sur le soir avant le grand sabbat.
— Jésus avait voulu s'immoler ce jour-là
Pour qu'on pût le manger, lui, l'Agneau véritable.

Les Juifs, profitant donc de la loi favorable,
Prièrent le préteur d'envoyer des soldats
Finir des condamnés le douloureux trépas.

Ils s'approchèrent donc, et d'une main barbare
Finirent leur supplice avec des coups de barre.
Tel fut le triste sort d'abord des deux voleurs,
Dont la mort s'acheva dans d'atroces douleurs.
Mais voyant de Jésus le cadavre rigide
Et la tête penchée et la pâleur livide,
A ces marques certains qu'il n'était déjà plus,
Ils jugèrent leurs coups sur lui vains, superflus.

Cependant par surcroît de précaution sûre
Un des soldats ouvrant une large blessure,
De sa lance enfonça la pointe au côté droit,
Puis la fit ressortir du gauche au même endroit.
Telle avait donc été du coup la violence
Que du flanc droit au gauche on vit sortir la lance.
Celle-ci retirée il sortit aussitôt,
De la large blessure un peu de sang et d'eau.
Mais de son action sans avoir conscience
Il avait fait ce que Dieu dans sa prescience
Avait déjà prédit à Moïse en tout point :
« Ses os seront intacts, vous ne les romprez point. »
Et cette autre parole : « Ils verront la blessure
De la lance au côté faite d'une main sûre. »

Or l'apôtre fidèle aux hommes a rendu
Le témoignage vrai de tout ce qu'il a vu,

Témoignage déjà dix-neuf fois séculaire,
Irrécusable, étant d'un témoin oculaire.
Oui, Jean a de ses yeux vu cet écoulement
De l'eau de son côté, du sang également.
Cette onde pure était l'image du baptême,
Qui du péché d'Adam a lavé l'anathème.
Le sang signifiait cet autre sacrement,
Où le vin, devenu son sang, est l'aliment
De l'âme qui le prend, et lui donne la vie.
C'est l'auguste et divine et sainte Eucharistie.
Ainsi l'Eglise, épouse et temple de l'Esprit,
Prit naissance du cœur ouvert de Jésus-Christ;
Comme Eve aux temps anciens sortit du premier homme
Pendant qu'Adam dormait d'un mystérieux somme.

DESCENTE DE LA CROIX

C'était d'après la loi romaine encore permis
De réclamer le corps de parents ou d'amis,
Quand la mort de leurs yeux avait clos la paupière,
Et de l'ensevelir chacun à sa manière.
Or il était parmi les disciples nombreux
De cœur au moins restés fidèles, l'un d'entre eux
Timide, et du conseil des Juifs faisant partie.
Il s'appelait Joseph, natif d'Arimathie.
Quand l'orage grondait se voyant menacé,
Redoutant leur fureur il s'était effacé.
Mais alors, déposant toute crainte inutile,
A la hâte Joseph se rendit à la ville
Réclamer hardiment au faible gouverneur
Le corps de Jésus-Christ pour lui faire l'honneur
D'une honorable et digne et riche sépulture.
D'ailleurs il eût été des oiseaux la pâture.

Pilate, fort surpris qu'en ce supplicié,
Au milieu seulement du jour crucifié,

La mort eût sitot fait son exécrable office,
— Les corps restaient vivants deux, trois jours au supplice —
Fit venir près de lui seul le centurion
Pour avoir de sa mort la confirmation.
Quand il en eut reçu la réponse assurée
Au disciple il donna la faveur désirée.
Mais comme il était seul, il vint se joindre à lui
Un ami de Jésus, Nicodème, celui
Qui dans les premiers jours du sacré ministère
Du Christ avait appris la nuit le grand mystère
Du renouvellement par l'Esprit saint et l'eau,
De l'homme ancien pour en faire un homme nouveau.
Il vint donc apportant — car avec la noblesse
Nicodème unissait la vertu, la richesse —
De myrrhe et d'aloës cent livres environ,
Pour embaumer son corps en Orient si prompt
A devenir des vers l'horrible nourriture.
C'était pour honorer aussi sa sépulture.

De son côté Joseph avait fait à lui seul
L'achat d'un beau suaire avec un blanc linceul.
Jean, et d'autres aidant, ensemble ils descendirent
Le Sauveur de la croix ; ensuite ils étendirent
Son corps sur le suaire avec émotion,
Sur ses membres meurtris en faisant l'onction,

Lavant avec amour ses chairs et ses blessures,
Pleines d'un sang noirci, de crachats, de souillures.
Enfin, après l'avoir oint, lavé, parfumé
De myrrhe et d'aloès, de parfums embaumé,
Avec un grand respect ils l'en enveloppèrent,
Dans le grand linceul blanc tout entier le drapèrent,
Selon l'usage antique en Judée établi,
Où tout mort de la sorte était enseveli.

LA SÉPULTURE ET LES GARDES

Il était près des croix, à vingt pas de distance,
Un jardin dans lequel, heureuse circonstance !
Un tombeau dans le roc avait été creusé,
Où l'on n'avait encor personne déposé.
Joseph, de ce jardin, agréable parterre
De plantes et de fleurs, était propriétaire.
D'y déposer Jésus le groupe se hâta,
Car le temps était court avant le grand sabbat.
A l'ouverture donc du tombeau mortuaire,
Après avoir roulé la pierre funéraire
Pour qu'on n'enlevât point le saint corps du Sauveur,
Ils partirent, la nuit tombante, à la faveur
Des derniers feux du jour, quand sous leurs larges voiles
Commençaient du sabbat les premières étoiles.

Cependant près de là, se tenant à l'écart,
Les femmes observaient tout d'un pieux regard.
D'amour pour le bon Maître également éprises,
En face du sépulcre elles s'étaient assises.
Dans leur âme affligée, oh ! quel fut leur bonheur
De voir ensevelir Jésus avec honneur !

Elles quittèrent donc le tombeau les dernières
Pour revenir après le sabbat les premières,
Car en ce jour de fête et d'absolu repos
Il était défendu de faire aucuns travaux.
Une grande tristesse en leur visage peinte,
Elles durent la nuit gagner la cité sainte,
Espérant dans leur cœur revenir au plus tôt
Embaumer de parfums le Sauveur de nouveau.

Mais au jour du sabbat, au matin de la fête,
Le souvenir revint aux Juifs que le prophète
Avait dit — ils craignaient que l'oracle fût vrai —
Que le troisième jour il ressusciterait.
Ils se rendirent donc encore en toute hâte,
Et l'esprit inquiet, au palais de Pilate.
« Il nous est revenu, dirent-ils, à l'esprit,
Que ce grand séducteur, qu'on appelait le Christ,
A dit, près de mourir, dans sa vaine folie :
« Trois jours après ma mort, je reprendrai la vie. »
Faites donc bien garder le sépulcre, de peur
Que, la nuit survenant, les siens à sa faveur,
Ne dérobent son corps, et que l'erreur dernière,
Que la fraude ne soit pire que la première.
— Faites, dit le préteur, je ne m'en mêle en rien.
Vous avez votre garde à vous, gardez-le bien.
Allez et commandez comme vous sûtes faire

Pour l'arrêter hier sans moi; c'est votre affaire. »
Ils quittèrent Pilate à ces mots tout joyeux,
Et mirent au tombeau des gardes très nombreux.
Quant à la pierre, avec du plomb ils la scellèrent,
Puis, l'esprit rassuré, tranquille, ils s'en allèrent.

Ainsi, mort et gisant au fond de son caveau,
De ses juges le Christ trouble encor le cerveau.
« Mais en vain, Juifs pervers, et race de vipère,
En vain vous frémissez de rage et de colère,
C'est en vain contre Dieu, contre son Fils divin,
Qu'en secret vous tramez des complots, c'est en vain.
Contre Jésus malgré vos haines criminelles,
Vos machinations, malgré vos sentinelles,
Votre pierre scellée, il ressuscitera;
Malgré vous du tombeau le Sauveur sortira.
Oui, Celui qui des cieux habite la demeure,
Et dont vous vous moquiez si fort avant qu'il meure,
Des moqueurs à son tour le Christ se moquera,
Et tous leurs vains projets il les dissipera.
La trame contre lui si savamment ourdie,
Vos desseins si pervers, si pleins de perfidie,
Sa sagesse bientôt les tournant contre vous,
Au lieu de le surprendre, il vous surprendra tous. »

FIN

ÉPILOGUE

L'INGRATITUDE DU PEUPLE D'ISRAEL

OPPOSÉE A LA BONTÉ DE DIEU

O mon peuple, ô ma vigne,
C'est moi qui t'ai plantée avec des plants choisis,
Sur les bords d'une eau vive, en un terrain exquis
Et de toi le plus digne ;
Et toi, sur un gibet infâme et plein d'horreur
Tu m'as crucifié, moi ton Dieu, ton Sauveur,
Ton bienfaiteur insigne.

O mon peuple choisi
Quel mal ai-je donc pu te faire
Pour me traiter ainsi ?
De quelle sorte, en quoi,
Ai-je donc pu tant te déplaire
Pour m'accabler de ta colère ?
Mon peuple, réponds-moi !

C'est moi qui t'ai tiré
De l'Egypte, contrée et barbare et sauvage,
Où depuis si longtemps tu souffrais l'esclavage
De ce peuple abhorré ;
Et toi, tu m'as livré pour m'abreuver d'outrage
A Caïphe, à Pilate, Hérode, pleins de rage,
Qui m'ont tous exécré.

Pour toi j'ai flagellé
Dans tous ses premiers nés cette Egypte rebelle,
Qui sentit cette plaie et poignante et cruelle
D'un cœur inconsolé,
Toi, sans pitié, d'un cœur pour moi plein d'amertume,
As frappé sur mon dos comme sur une enclume,
Et de coups m'as criblé.

C'est moi qui de la mer
T'ai livré sous les flots le libre et sûr passage,
Du tyran Pharaon et de son esclavage
Brisé le joug amer ;
Et toi, plein d'une lâche et coupable insolence,
Tu m'as percé le flanc du long fer de ta lance,
Et m'as le cœur ouvert.

C'est moi qui t'ai conduit
Quarante ans au travers d'un désert sec, aride,
Qui fus dans la nuée et ton chef et ton guide
Le jour comme la nuit ;

Je t'ai nourri de manne, et toi pour nourriture
Tu m'as donné du fiel, me payant par l'injure
De mon bienfait gratuit.

Moi, de l'eau du rocher,
Dans un désert de sable et la chaleur brûlante
J'ai rafraîchi ta langue et dans sa soif ardente,
Ton palais desséché ;
Toi, tu ne m'as donné dans ma soif pour breuvage
Que du vinaigre amer pour l'aigrir davantage
Au lieu de l'étancher.

J'ai réduit à néant
Et frappé pour toi seul, pour toi fait disparaître
De la terre promise où je voulais te mettre
Les rois de Chanaan ;
Toi, tu n'as pas voulu, bien qu'étant de ta race,
Me recevoir pour frère, as mis même à ma place
Un infâme brigand.

C'est moi qui t'ai donné
Sur les peuples voisins si souvent la victoire,
Et bien au-dessus d'eux de grandeur et de gloire,
D'honneur environné ;
Et toi, tu m'as cloué sur l'infâme potence
D'une croix, et de plus, prononçant ma sentence,
A mort m'as condamné.

Moi, j'ai mis dans ta main
Un beau sceptre royal, une belle couronne
Sur ton front, pour régner je t'ai fait d'un beau trône
Le peuple souverain ;
Tu m'as mis sur le front la couronne d'épines
Un roseau dérisoire entre mes mains divines,
Sceptre ironique et vain.

C'est moi qui t'ai traité
Enfin comme un enfant est traité par son père,
Je t'ai donné les soins que prodigue une mère
Au fils qu'elle a porté ;
Et toi, de noirs crachats as souillé mon visage,
M'as donné des soufflets, rassassié d'outrage
Pour payer ma bonté.

O mon peuple choisi
Quel mal ai-je donc pu te faire
Pour me traiter ainsi ?
De quelle sorte, en quoi,
Ai-je donc pu tant te déplaire
Pour m'accabler de ta colère ?
Mon peuple, réponds-moi !

TABLE DES MATIÈRES

	Pages.
A Mgr l'archevêque.	VI
PROLOGUE.	1
a) Jésus abandonné à lui-même,	3
b) Jésus abandonné aux créatures.	5
c) Jésus abandonné de Dieu.	8
Invocation à la croix.	11
La Passion du Sauveur (d'après les prophètes).	17
La Passion du Sauveur (d'après les évangélistes).	27
Marche triomphale de Jésus vers Jérusalem.	28
Jésus pleure sur Jérusalem	31
Entrée de Jésus à Jérusalem.	34
Entrée de Jésus au temple.	38
Jésus prédit sa Passion.	42
Complot des Juifs contre Jésus.	47
Jésus fait la Pâque légale avec ses disciples	49
Jésus lave les pieds à ses apôtres avant la Pâque eucharistique.	52
Jésus dénonce la trahison de Judas.	56
Jésus institue la sainte Eucharistie.	60
Jésus prédit le reniement de l'apôtre saint Pierre.	64
Jésus se rend au mont des Oliviers.	67
L'agonie du Sauveur et sa sueur de sang.	70
Trahison de Judas.	72
Jésus est conduit chez Anne.	76
Jésus devant Caïphe.	78

Pages.
Reniement de saint Pierre. 81
Jésus paraît de nouveau devant Caïphe et le sanhédrin. 84
Désespoir et mort de Judas. 86
Jésus devant Pilate. 88
Jésus devant Hérode 92
Jésus et Barabbas. 95
Jésus est flagellé 98
Jésus est couronné d'épines. 100
Jésus est condamné à mort. 103
Le chemin du calvaire. 107
Jésus tombe la première fois. 110
Simon le Cyrénéen et sainte Véronique. 113
Jésus console les filles de Jérusalem 115
Jésus est dépouillé de ses vêtements 117
Jésus est crucifié 119
L'écriteau et le partage des vêtements. 122
Les blasphémateurs. 125
Jésus parle à sa mère et à saint Jean. 128
Les ténèbres. — La mort. 130
La mort de Jésus-Christ. 133
Jésus descend aux limbes. 136
Le coup de lance 138
Descente de la croix. 141
La sépulture et les gardes. 144
Epilogue. 147
Table. 151

Imprimerie Emmanuel Vitte, rue de la Quarantaine, 18.

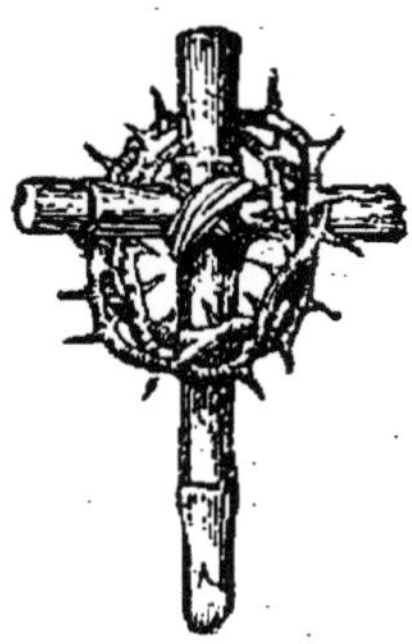

www.ingramcontent.com/pod-product-compliance
Ingram Content Group UK Ltd.
Pitfield, Milton Keynes, MK11 3LW, UK
UKHW021107290826
14628UKWH00014B/865

9 782014 048360